長編小説

淫鬼の誘惑

〈新装版〉

睦月影郎

竹書房文庫

目次

第一章　鬼のように淫らに

1

（本当に、快適なところに住めて良かった……）

竜司《りゅうじ》は、自分の城を見回して思った。

一階は『ピーチベーカリー』というお洒落《しゃれ》なパン屋さんで、それが大家。二階と三階には、二部屋ずつある三階建てのハイツだ。

どちらかというと、米食よりもパンの方が好きな竜司は、窓を開けると漂ってくるパンを焼く匂いも気に入った。

部屋は広いワンルームタイプ。奥の窓際にベッドを置き、真ん中には学習机と本棚にパソコン。玄関を入ってすぐのところにはキッチンがあり、脇にバストイレ。実に機能的で住みやすい配置だった。

鬼道《きどう》竜司は、一浪目の受験生だった。今年の三月、十八歳になった日に高校を卒業して半年余り、この秋から都内で一人暮らしをはじめた。

というのも、それまで自宅浪人だったのだが、商社マンの父が転勤になり、母と一緒にアメリカへ行ってしまったのだ。

鎌倉の自宅マンションは父が同僚に貸すということになり、竜司も都内の方が模試その他で便利だったから、思い切って上京してきたのである。

とにかく今までの自宅マンションは2LDKだったし、自室でオナニーしていても、いつ母が夜食を持って入ってきてしまうか分からなかったから、自分の城が持てたことは実に嬉しかった。

周囲は閑静な住宅街。近くには高校や大学もあるから、小遣《こづか》いが少なくてエロ本が買えなくても、こっそり窓から下を通る女子高生や女子大生を見ながら抜くことだって出来そうだった。

そう、受験生のくせに彼は、いかに気持ち良いオナニーをするかというのが、もっぱらの重大事だったのである。

いや、実際は彼女を作るのが先決なのだが、まだ受験生だし、高校時代からシャイで女の子と話すと顔が熱くなってしまい、ファーストキスどころか手を握った経験もない、完全無垢《むく》な童貞だった。

将来の志望は作家かライターで、とにかく文章を書いて仕事が出来れば良いと思っていた。読書が好きで、スポーツは苦手な、完全な文科系である。来年は合格しないとならないが、どうにも性欲ばかりが心身を支配していた。

大家である一階のパン屋は、桃山佐和子《ももやまさわこ》という三十前後の女性が経営していた。

どうやらバツイチらしく、子もいないようだが、実に芯の強そうな、逞《たくま》しい美女である。

従業員は二人いて、佐和子から紹介されて挨拶するぐらいの仲になっていた。

一人は三階に住んでいる人妻で、二十八歳の大鳥澄香《おおとりすみか》。彼女は訳あって亭主と別居中で、赤ん坊も実家に預けているということだ。もう一人は通いの女子大生バイト、竜司と同学年だが十九になったばかりの伏谷恵美《ふしたにえみ》だった。

店は食パンにコッペパン、クロワッサンに、桃をはじめとする各種のジャムなども揃えている。店舗に厨房、そして佐和子の住居などで一階は占められていた。

売り切ったら閉店だから、毎日夕方四時前には閉めているようだった。

基本的に竜司も自炊だから、パンやパスタなどを中心にし、あとはコンビニで買った総菜で済ませていた。

そろそろ三時半だから、まだ売れ残っていれば買おうと思い、竜司は階下へ降りていった。

すると階段で、パン屋での仕事を上がったらしい澄香とすれ違った。

「お疲れ様でした。まだパンは残っていますか？」

「ええ、少しあると思うわ」

訊《き》くと、澄香は小さく答え、階段を上がっていった。大人しい人で、笑みも寂しげで声も小さいが、漂う匂いは実に甘ったるく濃かった。

竜司は若妻の匂いを吸収しながら一階へ下り、店に入った。もう恵美も帰ったようで、佐和子が閉店の準備をしていた。

「わあ、もう終わりですか？」

「ええ、全部売れちゃったわ。でも私の朝の分を取ってあるから、それをあげる」

佐和子がドアをロックし、ブラインドを下ろしながら言った。

パンの香りに混じって佐和子と、今までいた女性たちの体臭らしきものもふんわりと鼻腔をくすぐってきた。

「そんなの悪いです。お金払います」

「いいのよ、私も店のパンは飽きてきたところだから」

「じゃ、せめて片付けのお手伝いをします」

「もう済んだわ。竜司君は、お勉強のことだけ考えていればいいのよ。あ、そうだ」

佐和子は、何かを思いついたように言ってエプロンを外し、彼を奥へと招いた。

「電球の取り替え手伝って。一人では無理なの」

彼女は言い、厨房を横切って、住居の方へと入っていった。

竜司がついていくと、何と佐和子は彼を自分の寝室へと招いたのである。

バツイチ美熟女の寝室は、セミダブルベッドが据えられ、あとはクローゼットにドレッサー、シーツもシワが寄って、朝起きたときのままらしい。そして室内には、何とも甘ったるく艶《なま》めかしい匂いが生ぬるく籠《こ》もっていた。

「天井の電球なの。パイプ椅子が壊れちゃって危ないから」

佐和子は言ってスイッチを入れた。

見上げると、天井に何カ所かある小型電球の一つが確かに切れていた。ベッドに乗っても届かないし、それに少し離れている。

「分かりました。何か台は」

「何もないから、私が肩車するわ」

佐和子がいったんスイッチを切り、言って腕まくりした。

「そ、そんな、じゃ僕が下になります。これでも男ですから」

「そう？　私より軽そうだけれど、大丈夫かしら？」

「け、決して落とすようなことはしません」

竜司は言い、女性に密着するという、別の意味で胸が高鳴ってきた。

「じゃ、まず電球を外すわね」

佐和子が電球の下へ行き、彼に背を向けて腰を落としてきた。竜司もその背後からしゃがみ込み、彼女の尻の下に頭を突っ込んだ。

幸いスカートではなかったが、丸く弾力あるお尻が首筋と肩に密着し、温《ぬく》もりが伝わってきた。

さて、これからが大変だ。うっとりしている暇はない。

両脚を踏ん張って徐々に持ち上げ、ベッドに手を突いて勢いをつけ、さらに壁を伝うように渾身《こんしん》の力で立ち上がっていった。

重いが、この程度なら体育の授業で、クラスメートと二人で組み、足腰を鍛えるストレッチをさせられたことがある。

立ち上がると落ち着き、今度は肩にかかるお尻の感触が気になってきてしまった。うなじにコリコリ当たるのは、佐和子の恥骨だろうか。この中には、茂みやクリトリスもあるのだ。

そんなことを思うと、股間が熱くなってきてしまった。

「もう少し右……、いいわ」

指示されて少し移動すると、佐和子は切れた電球を外しはじめた。

「取れたわ。下ろして」

言われて、竜司はゆっくりと彼女を下ろした。佐和子が離れて身を起こすと、何やら急に身体が浮き上がるような感じがした。そして、彼女の股間が密着していた自分のうなじが嗅げないことが非常に残念だった。

佐和子は切れた電球を片付け、新しい電球を取り出した。

「じゃ、これを付けて。大変そうだったから、今度は私が下」

「え？　いいです……」

竜司は遠慮したが、佐和子はさっさと彼に電球を渡して背後に回り、後ろから彼の股に頭を突っ込んできた。

「いい？　立つわよ」

佐和子が言い、彼を持ち上げた。竜司はバランスを崩さないように、腿《もも》を抱え込んだ彼女の手を握り、両脚を脇に密着させた。

今度は自分の勃起しはじめた股間が、彼女のうなじに押し当てられた。

（うわ、気づかれないかな……）

竜司は心配しながら股間に彼女の温もりを感じ、やがて天井を見た。手を伸ばすとすぐに届き、彼は難なく新品の電球を嵌《は》め込むことが出来た。

「はい、ＯＫです」

言うと、佐和子は乱暴に彼をドサリとベッドへ投げ下ろした。もう手ぶらだから安全と思ったのだろう。

「わ……！」

竜司は身を反転させ、横倒しにベッドに倒れ込んだ。

すると、すぐに佐和子が上からのしかかって仰向《あおむ》けに押さえつけると、顔を寄せて彼の目の奥を覗き込んできた。

「勃起しているわね。なぜ？」

アップにしていた髪がサラリと解け、セミロングの黒髪が彼の顔の左右を覆い、内部に熱く甘い息が籠もった。佐和子の息は湿り気を含み、花粉のように甘い匂いが感じられた。

「ご、ごめんなさい……、女性に触れたの、初めてなんです……」

竜司は、美熟女の迫力に圧倒されながら小さく答えた。咎《とが》められるのが不安で恐ろしいのに、勃起は一向に治まらず、のしかかっている彼女もそれは承知しているようだった。

「そう……、まだ何も知らないのね……」

佐和子の口調が和《やわ》らぎ、顔を寄せたまま溜息をついた。

睨み付けているのかと思ったが、それが欲情に熱っぽくなった眼差《まなざ》しだというのをあとで知った。

「いい？　私が最初の女になっても……」

佐和子が甘く囁《ささや》き、竜司は緊張しながら小さく頷いていた。

いった。

2

「じゃ全部脱いで、無垢な身体を見せてちょうだい」

佐和子は言って身を起こし、自分もブラウスのボタンを外しはじめた。

竜司は、唐突に降って湧いた初体験への期待に身を震わせ、焦りながら服を脱いでいった。

夢を見ているように全身がフワフワして現実感がなく、それでも何とか手早く脱いだ。最後の一枚を脱ぐのはためらったが、佐和子が黙々とブラを外し、ショーツにも手をかけたので、自分も意を決して下着を脱ぎ、全裸になって先にベッドに横たわって待った。

枕にもシーツにも、佐和子の甘ったるい匂いが悩ましく沁み付いていた。

やがて彼女も一糸まとわぬ姿になった。十代からスポーツをしていたように二の腕や肩が逞しく、胸は実に巨乳だった。

佐和子も優雅な仕草でベッドに上がり、彼に添い寝してきた。

「キスも初めて……？」

再び顔を寄せて囁き、竜司が頷くと、すぐに佐和子は上からピッタリと唇を重ねてきた。

「ク……」

柔らかな感触と生温かさに、竜司は感激して小さく呻《うめ》いた。

佐和子はグイグイと押しつけ、弾力ある唇を密着させて息を弾《はず》ませた。

花粉のように甘い匂いが鼻腔をくすぐり、その刺激が心地よくペニスに伝わっていった。

やがて触れ合ったまま彼女の口が開かれ、間からヌルリと舌が伸ばされてきた。

ノックするように歯並びを舐《な》められ、竜司も歯を開くと、それは奥まで侵入してきた。滑らかに蠢《うごめ》く舌が口の中を隅々まで舐め回し、舌がからみついてきた。

生温かな唾液もトロリと注がれ、竜司はうっとりと喉を潤した。

彼もチロチロとからませ、舌触りと唾液のヌメリを味わいながら佐和子の口に侵入させていくと、チュッと強く吸い付かれた。

そして美女の唾液と吐息にすっかり酔いしれると、ようやく佐和子がそっと唇を引き離した。

互いの口を唾液の糸が結び、ゾクリとするほど何とも淫らに思えた。

「どう？　ファーストキスの味は」

「い、いきそう……」

「まあ、もう？」

竜司が答えると、佐和子は驚いて言い、屹立《きつりつ》して震えているペニスに目を遣《や》った。

「いいわ、じゃ先にお口でしてあげるから、一度出して落ち着きなさい。どうせ、続けて出来るでしょう？」

彼女は言い、竜司はその言葉だけでも危うく漏《も》らしそうになってしまった。

「いい？　でもなるべく我慢するのよ」

佐和子は囁き、まずは彼の耳たぶをそっと噛《か》み、首筋を舐め下り、少年の乳首に吸い付いていった。

「ああ……」

竜司は声を洩《も》らし、クネクネと身悶えた。熱い息に肌をくすぐられ、チロチロと乳首を舐め回されるたび、否応なくビクリと肌が反応してしまった。

「色白で綺麗な肌だわ。食べてしまいたい……」

佐和子は言い、本当に彼の乳首にキュッと噛みついてきた。

「あう……、もっと強く……」

竜司は甘美な痛みと快感に呻きながら、さらなる刺激をせがんだ。

彼女も左右の乳首を交互に含んで舌を這《は》わせ、白く綺麗な歯をキュッキュッと立てて愛撫してくれた。

彼は少しもじっとしていられずに悶え、腰をよじった。やがて佐和子も移動し、肌を舐め下りながら徐々に竜司の股間に向かっていった。

「もっと脚を開いて」

「アア……」

彼女が言い、竜司は羞恥に喘いだ。

やがて彼は大股開きにされ、その真ん中に佐和子が腹這いになって陣取った。

内腿にも舌が這い、そっと歯が食い込み、次第に彼女の美しい顔が中心部に迫ってきた。

生温かな息がかかり、セミロングの髪がサラリと内腿を撫でた。

しかし佐和子は何と、最初は陰囊《いんのう》から舐めはじめたのだ。

「ああッ……！」

竜司は続々と震えが走るような快感に喘ぎ、ヒクヒクとペニスを上下に震わせた。

佐和子は袋全体を唾液にまみれさせ、二つの睾丸《こうがん》を舌で転がした。

そして、ようやく舌先でツツーッと幹の裏側を舐め上げ、先端に達すると、尿道口から滲《にじ》む粘液をチロチロと舐め取り、さらに張りつめた亀頭をしゃぶってから、スッポリと喉の奥まで呑み込んできた。

「く……！」

竜司は、奥歯を嚙み締めて暴発を堪えた。口を汚してはいけないという気持ちではなく、やはり少しでもこの快感を味わっていたいからだった。

美女の口の中は温かく濡れ、根元まで含んだ口がキュッと幹を丸く締め付けた。

恐る恐る股間を見ると、佐和子は上気した頰をすぼめて吸い付き、熱い鼻息で恥毛をそよがせていた。

内部ではクチュクチュと舌が蠢き、ペニス全体は美女の清らかな唾液にどっぷりと浸った。

たちまち限界が迫ってきた。

竜司は、長く味わいたいという気持ちとは裏腹に、無意識に腰が動いてしまった。

小刻みに股間を突き動かすと、それに合わせて佐和子も顔全体を上下させ、濡れた口でスポスポと強烈な摩擦を開始してくれたのだ。

まるで美女のかぐわしい口に身体中が吞み込まれ、唾液にまみれて舌に翻弄《ほんろう》されているような快感だった。

「い、いっちゃう……、ああーッ……！」

とうとう竜司は声を震わせて喘ぎ、絶頂に達してしまった。

突き上がる快感が全身を貫き、熱い大量のザーメンがドクンドクンと勢いよく佐和子の口の中にほとばしり、喉の奥を直撃した。

「ク……、ンン……」

噴出を受け止めながら、佐和子が熱く鼻を鳴らし、一滴もこぼすまいとするかのようにキュッと唇を締め付けてきた。

そしてチューッと強く吸い付くものだから、彼は脈打つようなリズムが無視され、何やら彼女の意思で陰嚢からザーメンが吸い出され、ペニスがストローにされているような快感に包まれた。

やがて彼は最後の一滴まで出し切り、さらに魂《たましい》まで吸い取られるような心地で腰をよじった。

「も、もう、どうか……」

竜司が降参するように口走ると、ようやく佐和子も吸引を止め、亀頭を含んだまま口に溜まったものをゴクリと飲み込んでくれた。

「あう……」

嚥下《えんげ》されると口腔がキュッと締まり、竜司は駄目押しの快感に身を強《こわ》ばらせて呻いた。ようやく彼女も口を離し、幹をしごくように握りながら、尿道口から滲む余りの雫《しずく》を丁寧に舐め取った。

竜司はその刺激に、射精直後の亀頭を過敏に震わせて悶えた。

「美味《おい》しかったわ……、濃くて、すごく多かった……」

やがて舌を引っ込めた佐和子が、淫らに舌なめずりしながら言い、やっと彼の股間から身を離して再び添い寝してきた。

「気持ち良かった？」

「ええ……、とても……」

囁かれても、竜司は答えるのが億劫なほど精根尽き果てていた。

荒い呼吸と動悸《どうき》はいつまでも治まらず、余韻《よいん》に浸る余裕もなく舞い上がったままだった。

そして心の片隅で思ったことは、通常のオナニーであればここらでザーメンをティッシュで拭いている頃だが、生身の女性がいるというのは、そうした空《むな》しい作業をしなくて済むのだと実感し、その幸福感を嚙み締めたのだった。

もちろん口に射精し、飲んでもらうという快感と感激は、オナニーなどの比ではなく、その何千倍も心地よかった。

「さあ、少し休んだら、今度は私を好きにするといいわ。何をしてもいいから、恥ずかしがらないで思い通りにしてね……」

佐和子が嬉しいことを言ってくれたので、竜司は回復する間もなく、甘えるように腕枕してもらい、巨乳に顔を寄せていった。

今日も一日働いた美熟女の胸の谷間はほんのり汗ばみ、腋《わき》からも生ぬるく甘ったるい芳香が漂っていた。

竜司は、鼻先にある乳首に迫った。

メロンほどもある豊かな膨らみは透《す》けるように色白で、乳首と乳輪は案外初々《うぶうぶ》しく淡い桜色をしていた。

そっと乳首を含んで舌で転がし、柔らかな膨らみに顔中を押しつけて、肌の匂いと感触を味わった。

そしてもう片方の膨らみにも恐る恐る手を這わせ、指の腹でクリクリと乳首をいじり、やがてそちらにも移動して含み、左右交互に吸い付いていった。

3

「アアッ……、いい気持ちよ、もっとして……」

佐和子が顔をのけぞらせて喘ぎ、両手で竜司の顔を強く抱きすくめてきた。

彼は顔中が柔らかな膨らみに埋まり込み、心地よい窒息感に噎《む》せ返りながら夢中になって乳首を吸った。

さらに彼女の腋の下にも顔を埋め込み、ジットリ汗ばんだ窪みに鼻を押し当てて舌を這わせた。ざらつきもなく滑らかな舌触りだが、そこは胸の奥が溶けてしまいそうなほど甘ったるい体臭が籠もっていた。

竜司は美女の熟れたフェロモンを貪り、彼女がうっとりと身を投げ出し目を閉じていてくれるので、童貞の身ではあるが、気後《きおく》れもなく行動を起こすことが出来た。

脇腹を舐め下り、仰向けの彼女にのしかかるようにしながら腹の真ん中に舌を移動させていった。

形良いお臍《へそ》は、四方の肌が均等に張り詰め、実に形良いあんパンのようだった。

鼻を埋め込んで嗅ぐと、ほのかに汗の匂いが感じられ、顔中が弾力ある腹部に埋まった。

お臍に舌を差し入れ、クチュクチュと味わってから張りのある下腹にゆき、腰からムッチリとした太腿に降りていった。

もちろん早く股間に行きたいが、せっかく射精したばかりなのだから、少しでも長く他の部分を味わいたかった。なまじ早々と回復しているだけに、割れ目を見たら入れたくなり、またすぐに終わってしまうだろう。

太腿もスベスベで、彼は丸い膝小僧から滑らかな脛《すね》を舐め下り、とうとう足首まで下りていった。

佐和子がじっとしてくれているので、さらに竜司は勇気を出し、美女の足裏に顔を押し当てていった。

毎日忙《せわ》しなく動き回っている彼女の足裏は大きく逞しく、踵《かかと》は硬い感じだった。

しかし土踏まずは柔らかく、ほんのり生温かく湿っていた。

さらに形良い指の間に鼻を割り込ませて嗅ぐと、そこは汗と脂《あぶら》にジットリと湿り、蒸れた芳香が悩ましく籠もっていた。

(これが美女の足の匂いなんだ……)

竜司は感激と興奮に佐和子の匂いを貪り、爪先にもしゃぶり付き、桜色の爪をそっと噛み、指の股にヌルッと舌を割り込ませた。

「あう……、汚いのに……」

佐和子がビクッと足を震わせて呻き、まるで子供の悪戯《いたずら》でもたしなめるように言った。それでも拒むことはなく、竜司は存分に全ての指を味わい、もう片方の足も貪ってしまった。

味と匂いが薄れるほど堪能してから、彼は顔を上げた。

「うつ伏せになって……」

言うと、佐和子もゴロリと寝返りを打ってくれた。

彼女の顔が伏せられると、竜司も遠慮なく美女の熟れ肌を見つめることが出来た。

踵からアキレス腱を舐め、引き締まって硬い弾力のある脹《ふく》ら脛《はぎ》から、ほんのり汗ばんだヒカガミ、膝の裏側をたどり、白い太腿から豊かなお尻の丸みを這い上がっていった。

腰から背中を舐めると、淡い汗の味がした。

「ああ……、くすぐったくていい気持ち……」

背中は案外感じるらしく、佐和子が顔を伏せて喘いだ。

竜司は肩まで行き、黒髪に顔を埋めて甘い匂いを嗅ぎ、掻《か》き分けて耳の裏側にも鼻を押しつけてからうなじを舐めた。

身体中どこも感じるようで、いつしか佐和子は間断なくクネクネと熟れ肌を悶えさせていた。竜司は再び舐め下り、たまに脇腹にも寄り道しながら、やがて魅惑的なお尻に戻っていった。

俯《うつぶ》せのまま脚を開かせ、竜司はその間に腹這いになって顔を寄せ、両の親指でムッチリとお尻の谷間を開いた。まるで、巨大なコッペパンでも二つにするような感触だった。

奥には、薄桃色の可憐な蕾《つぼみ》がひっそり閉じられていた。

細かな襞《ひだ》がキュッとつぼまり、見られているだけで反応するようにヒクヒクと収縮していた。

竜司は堪《たま》らず、蕾に鼻を埋め込んだ。顔中に豊満な双丘が心地よく密着し、淡い汗の匂いに混じり、秘めやかな微香が馥郁《ふくいく》と籠もっていた。

竜司は、美女の豊かなお尻に顔を埋めているだけで限りなく幸せな気持ちになり、しばし押しつけたまま匂いを嗅ぎ、やがて舌先でそっと触れていった。

「く……」

チロチロと舐めると、佐和子が小さく呻き、ヒクヒクと蕾を震わせた。

彼は次第に激しく舐め回し、充分に唾液に濡らしてから舌先を潜り込ませた。中はヌルッとした滑らかな粘膜だ。

(いま、美女のお尻の穴にベロを入れているんだ……)

竜司は激しく興奮しながら内部で舌を這わせ、出し入れさせるように蠢かせた。

「アア……、駄目よ、そこは汚いから……、もう止《よ》して……」

佐和子は抵抗があるようで、やがて言いながら再び寝返りを打ってきた。

竜司はいったん顔を離し、佐和子の片方の脚をくぐり、仰向けになった彼女の股間に顔を迫らせた。

(わあ、何て色っぽい……!)

とうとう女体の神秘の部分を目の当たりにしているのだ。

竜司は、美女の股間から発する熱気と湿り気に顔中を包まれながら、中心部に目を凝らした。

色白の肌が下腹から股間に続き、そこでふっくらとした丘になり、黒々と艶《つや》のある恥毛がふんわりと煙《けむ》っていた。真下の割れ目は肉づきが良く丸みを帯び、はみ出した花びらもツヤツヤとした綺麗なピンク色をしていた。

竜司は思わずゴクリと生唾《なまつば》を飲みながら、恐る恐る指を当て、そっと陰唇を左右に広げてみた。

「あう……」

触れられた佐和子が小さく呻き、ビクリと下腹を波打たせた。

色づいた陰唇はハート型に開かれ、中身が丸見えになった。

ヌメヌメと潤う柔肉も綺麗な薄桃色で、下の方には細かな襞を入り組ませた膣口が息づいていた。

もちろん無垢な童貞とはいえ、彼は裏ＤＶＤやネットなどで女性器を見たことがあった。

しかし、やはり現実に生身の女体を見るというのは格別なものだ。見た目も美しいが、何より、自分などの未熟者の顔の前で、脚を開いてくれる女性の心根《こころね》というものに深い感謝の念が湧いた。

この艶めかしい膣口に、間もなく挿入することが出来るのだ。

膣口の少し上に、ポツンとした尿道口の小穴も確認できた。

そしてさらに割れ目上部の包皮の下からは、小指の先ほどのクリトリスが、真珠色の光沢を放って突き立っていた。よく見ると、男の亀頭を小さくしたような形状をしていた。

「ああ……、そんなに見ないで……」

佐和子が、腰をくねらせて言った。もちろん見られるのを嫌がっているわけではなく、次の行動をせがんでいるようだった。

竜司も我慢できず、やがて吸い寄せられるように佐和子の股間に顔を埋め込んでいった。

柔らかな茂みの丘に鼻を埋め込むと、隅々には甘ったるい汗の匂いと、ほんのり悩ましい残尿臭が生ぬるく籠もっていた。

彼は何度も深呼吸し、美女のナマの体臭を貪りながら舌を這わせていった。

陰唇の表面から徐々に内側に差し入れていくと、ヌルリとした淡い酸味の潤いに触れた。これが愛液の味のようだ。

佐和子も、無垢な若い男に初体験を教えてくれようというのだから、相当に興奮し欲求も溜まっていたに違いなかった。だからフェラチオしてくれたときから、彼女も濡れていたのだろう。

舌先で襞の入り組む膣口をクチュクチュ掻き回し、潤って滑らかな柔肉をたどってクリトリスまで舐め上げていくと、

「アアッ……、いい気持ち……」

佐和子が顔をのけぞらせて喘ぎ、量感ある内腿でキュッと竜司の両頬を締め付けてきた。

竜司はもがく腰を抱え込み、美女の匂いを貪りながら舌先をクリトリスに集中させた。自分の稚拙《ちせつ》な愛撫で、熟れたバツイチ美女が感じて喘いでくれるのが嬉しくてならなかった。

クリトリスはツンと硬くなり、たまに割れ目の方に舌を戻すと、そこは新たに溢れた蜜でヌルヌルになっていた。

彼は舌が疲れるほど舐め回し、佐和子の匂いを堪能した。

「いきそうよ……、入れて……」

佐和子が言い、内腿の締め付けを緩めてくれた。

竜司も待ちきれないほど勃起していたので、顔を上げ、身を起こした。

そして緊張に胸を高鳴らせながら、割れ目に股間を進めていった。

すっかり回復し、急角度にそそり立っているペニスに指を添え、下向きにさせながら先端を濡れた割れ目に押しつけていった。

「もう少し下……、そう、そこよ、来て……」

佐和子も息を詰め、僅《わず》かに腰を浮かせて誘導してくれた。位置が定まると、竜司はゆっくりと挿入していった。

4

「ああッ……、いいわ、奥まで当たる……」

ヌルヌルッと根元まで潜り込ませると、佐和子が声を上ずらせ、深々と受け入れてくれた。

竜司は滑らかな肉襞の摩擦と温もり、きつい締め付けに包まれ、あまりの快感に驚いていた。口に出して飲んでもらったときも気持ち良かったが、やはり男女が一つになり、快感を分かち合うのが最高なのだと実感した。

やがて竜司は、締まりの良さで押し出されないよう股間を密着させ、そろそろと脚を伸ばして身を重ねていった。

「アア……、動いて……、強く奥まで突くのよ……」

佐和子も下から両手で抱き留め、熱く喘ぎながら言った。

竜司もぎこちなく腰を前後させ、何とも心地よい感触に酔いしれた。

「あうう……、もっと激しく……」

彼女が次第に夢中になって言い、ズンズンと股間を突き上げてきた。

まった。

するとニ人のリズムが合わず、ヌメリと締め付けにヌルッとペニスが抜け落ちてし

「あん、焦らないで、もう一度入れて……、それとも竜司君が下になる……？」

言われて、彼も頷いて仰向けになっていった。やはり最初は、女性に教わりながら組み敷かれる方が良いと思った。

入れ替わりに佐和子が身を起こし、指先でペニスを愛撫した。ペニスは一度目の失敗に萎縮することなく、硬度も大きさも申し分なく、その亀頭は彼女自身の愛液に濡れていた。

佐和子は彼の股間に、自転車にでも乗るようにためらいなくヒラリと跨《また》がり、先端を膣口に押し当て、息を詰めて腰を沈み込ませていった。たちまちペニスは、再び柔肉の奥に呑み込まれた。

「アア……、いいわ……」

佐和子は真下から貫かれ、ぺたりと座り込んで喘いだ。今度は彼が仰向けなので、その動きを固定しながら自分の好きに動けるのだろう。

竜司は股間に彼女の重みと温もりを感じながら、うねる熟れ肌を見上げて興奮を高めていった。

彼女はしばし上体を反らせ気味にしながら、若いペニスを味わうようにモグモグと

膣内を収縮させてきた。そして何度かグリグリと股間を擦りつけるように動かすと、巨乳が艶めかしく揺れ、白い腹が妖《あや》しくうねった。

やがて起きていられず、佐和子も身を重ね、彼の肩に腕を回してシッカリ抱きすくめてきた。

胸には巨乳が密着し、押しつぶれてはずみ、恥毛も擦れ合い、コリコリする恥骨の膨らみも伝わってきた。

竜司もしがみつき、小刻みに股間を突き上げた。今度は角度と調子が合わず抜けるようなこともなく、溢れる愛液で滑らかに律動した。

大量の蜜で彼の陰嚢までヌルヌルになり、動きに合わせてピチャクチャと淫らに湿った摩擦音も聞こえてきた。

さっき口に出していなかったら、挿入しただけであっという間に果てていたことだろう。それほど、女体と一つになるというのは全身が溶けてしまいそうなほど心地よいものだった。

竜司は高まりながら、彼女のかぐわしい口に迫った。

佐和子の唇に鼻を押しつけると、甘い花粉臭の刺激が鼻腔を満たしてきた。

すると彼女が舌を伸ばし、ヌラヌラと竜司の鼻の穴を舐め回してくれた。

彼は美女の唾液と吐息を吸収し、さらには尿道口から愛液も吸い込むような感覚になった。

(えっ……!? 何だか、すごいことになってきた……)

竜司は、自身の奥に芽生えた変化に気づいた。

何やら、さっきまでの自分と違ってきたように感じられたのだ。それは変化というより、成長であった。

いや、童貞が大人に成長するのとは違う、もっと遺伝子レベルでのことのような、一族の宿命のような変貌であった。

全身に力が漲《みなぎ》り、相手の心身も言いなりにさせられるような絶大なパワーが彼の内部に満ちはじめたのである。

そう言えば、両親が言っていたものだ。

「お前が十八歳になるのが怖い……」

その言葉を、父からも母からも、何度聞かされたことだろう。なぜかと聞き返しても、両親は答えてくれなかった。

(まさか、それで僕を置いてアメリカへ行ってしまったんじゃないだろうな……)

竜司は思った。

もしかしたら自分の血の中に、何やら人ならぬものが混じり、それが十八歳を越え初体験をした瞬間に何かが目覚めるよう、遺伝子にインプットされていたのではないだろうか。

「アア……、どうしちゃったの？　中ですごく大きく……、あう、気持ち良すぎるわ……、い、いく……！」

上になって腰を遣っていた佐和子が、とうとう限界が来たように声を上ずらせ、膣内の収縮を最高潮にさせていった。

「ああーッ……！」

佐和子は声を上げてオルガスムスに達し、ガクンガクンと狂おしい痙攣《けいれん》を開始し、同時に粗相《そそう》したかと思えるほど大量の愛液を噴出させたのだ。

竜司も、ビショビショになった股間を擦りつけながら、彼女に続いて二度目の絶頂を迎えていた。

「く……！」

突き上がる大きな快感に呻き、熱い大量のザーメンをドクドクと勢いよくほとばしらせ、奥深い部分を直撃した。

「あッ……、熱いわ……！」

噴出を感じた佐和子は、駄目押しの快感を得たように口走り、さらにキュッキュッときつく締め上げてきた。

竜司は彼女に抱きつきながら押さえつけ、股間をぶつけるように突き上げて、心置きなく最後の一滴まで出し尽くしていった。

すっかり満足して徐々に動きを弱め、竜司は力を抜いていった。そして佐和子の温もりと重みを感じ、美女の甘い息を間近に嗅ぎながら、うっとりと快感の余韻に浸り込んでいったのだった。

「アア……、良すぎて死ぬかと思ったわ……」

佐和子も満足げに、荒い呼吸とともに言いながら徐々に熟れ肌の強ばりを解いて、グッタリと彼に体重を預けてもたれかかってきた。

二人は互いに荒い呼吸を繰り返し、まだ繋がったままじっとしていた。

膣内は思い出したようにキュッと締まり、刺激された射精直後の亀頭が過敏に反応し、中でピクンと跳ね上がった。

「あう……、もう暴れないで、お願い……」

佐和子は、膣内の天井を刺激されて呻いた。そして、それ以上の刺激を拒み、押さえつけるようにきつく締め付けてきた。

「何だか一瞬、竜司君が逞しい大男に見えたわ。肌が赤くて、毛むくじゃらで角《つの》のある……」

佐和子が息を弾ませて言い、大人しげな少年の顔を確認するように、頰を撫で回してきた。

そこで竜司も思い出した。幼い頃から、母や祖母から言われていた言葉を。

(お前には、鬼の血が流れているんだよ)

それが一体どういう意味なのか分からなかったが、いま竜司は、十八になって初めて女体を知り、その体液を吸収した途端、自分が今までとは違い、生まれ変わった、いや、本来あるべき姿に戻ったような気になった。

やがて二人とも、ようやく呼吸を整えると、佐和子がノロノロと身を起こし、ティッシュの箱を引き寄せながら、そっと股間を引き離した。ティッシュを割れ目に当てて手早く拭《ぬぐ》って捨て、新たなティッシュで竜司のペニスを包み込むようにして拭き清めてくれた。

口や膣に出しても、優しい女性が相手だと、何もかも処理してくれるのだなと竜司は思い、赤ん坊のように身を投げ出して綺麗にしてもらったのだった。

5

(どうにも、身体が変だ……)

部屋に戻った竜司は、初体験の感激と同時に、自分の心身に起こった変化に戸惑っていた。

洗面所の鏡に映しても、何一つ変わりはない。小柄で色白で手足も細く、中学生にさえカツアゲされそうな弱々しいタイプである。しかし唯一、目の光だけが何やら自信に満ちてきたように感じられた。

そして肉体的にも、華奢《きゃしゃ》な体つきとは裏腹に、何でも出来そうな気になってきたのだ。試しに彼は、腕立て伏せをやってみた。

(え……？)

してみて驚いた。軽く百回をクリアできたのである。いや、このまま何百回でも出来そうな気がするし、腕は一向に疲れていなかった。

見よう見まねで、正拳突きや回し蹴りをしてみると、ビュッと風を切る音がし、自分でも驚くほど素早く動け、よろけることもなかった。

(どうしたんだろう、一体……)

竜司は思い、もう一度佐和子を抱いてみたい気になった。この心身の充実感からすると、続けて何度も出来るだろうし、上になって激しく熟女を組み敷くことも出来そうな気がした。

(一族に伝わる、鬼の力……？)

竜司の頭の中にそんな思いが浮かんだそのとき、チャイムが鳴った。

引っ越してきて誰かが訪ねてくるのは初めてで、誰だろうと思い、彼は玄関に行った。開けると、何とパン屋のバイトで、女子大生の伏谷恵美ではないか。

「あれ、どうしたの？」

夕方に仕事を終えて家に帰ったはずなのに、戻ってきたのだろうか。そして竜司は、少女の面影を残す愛くるしい恵美が、やけに青ざめて打ち沈んでいることに気づいた。

「ちょっと、トラブルがあって……。佐和子さんを訪ねたら、お買い物に出てしまったらしく……」

「そう、何があったの？」

竜司は恵美を中に入れ、事情を聞こうとしたが、彼女は彼を外へ誘った。

階段を下りると、そこに壊れた自転車が置かれていた。恵美のものである。

事情を聞くと、仕事を終えて本屋に寄った帰り道、出会い頭に車とぶつかってしまったらしい。彼女に怪我はないが、自転車が壊れた。相手の車が、信号無視だったようだ。

「そうしたら、車も傷がついたから話し合おうって言われて、ここへ来いって」

恵美が、ドライバーから渡された名刺を差し出した。

見ると、都心にある暴力団事務所ではないか。しかも彼女は、自分の学生証の写メも撮られてしまったらしい。

恵美も一人暮らしだから、他に頼る人もおらず、急いで佐和子に相談しようと来たのだろう。

「分かった。僕が行ってみよう。写メを消去させて、修理代をもらってくればいいんだね？」

竜司が言うと、恵美は驚いて目を丸くした。いや、竜司自身、そう言っている自分に驚いていたのだ。

「そ、そんなこと、無理よ。やっぱり警察に行きましょう」

「大丈夫。修理というより、もう新品を買った方が良さそうだから弁償代だね」

竜司は気軽に言って、すぐ近くを通りかかったタクシーを止めた。

すると恵美も、結局急いで彼のあとから乗り込んできた。竜司は、運転手に名刺の住所を言い、向かってもらった。

恵美は、俯《うつむ》き加減で緊張に身を硬くしていた。そちらから、やけに甘ったるい匂いが漂っていた。恐らく、まだ処女だろう。竜司は、自分の嗅覚も異常に研ぎ澄まされてきたことを自覚した。

やがて夕暮れの街を十五分ほど走って、名刺の場所に来た。

都心にある雑居ビルである。竜司は金を払ってタクシーを降りると、ビルに入って二階に上がっていった。

チャイムを鳴らすと、チェーンの付いたドアが細く開けられ、人相の悪い男が顔を出した。

「なんだ」

「この名刺の人に会いたいんですが、もうお帰りでしょうか」

名刺を見せて言うと、ドアがいったん閉まってからチェーンが外されて開いた。

「俺だが、おお、あんたはさっきの。本当に来たのか」

三十前後の男が、恵美を見て驚いたように言った。

「じゃ、下で待っていて」

竜司は、男の確認だけ恵美にさせると、言って彼女を去らせ、自分だけドアの中に入った。

中は煙草の煙が立ち籠め、机が並び、奥には日本刀が飾られ、壁には提灯《ちょうちん》が並んでいる。柄《がら》の悪そうな男たちが五人、さらに奥に、スーツ姿の貫禄ありそうな四十代ぐらいの男が一人いた。

それらが、一斉に場違いな竜司を睨んでいた。

「お前はあの子の彼氏か」

「いや、彼氏になれればいいなと思ってるんです」

「それでカッコつけて来たのか。バカじゃねえのか」

男は、竜司の落ち着きぶりに呆れたように言った。

「とにかく、そちらの信号無視だったようですから、自転車の弁償代をください」

「こっちの車も傷ついたんだよ。あの子に、どこかで働いて返してもらいてえんだ」

男は、竜司の物言いに苦笑し、仲間と目を合わせながら答えた。

「あ、そうそう、彼女の学生証の写メを撮ったようですから、それを消去してもらいます」

竜司は笑みを含んで言いながら、男のポケットに手を入れた。なぜか、そこに携帯があると分かったのだ。

「てめえ！」

竜司が、あまりに手際よく携帯を取り出したので、拒むことも出来ずに男が怒鳴った。そして取り返そうと摑《つか》みかかったが、軽く避けられて逆上した。

「おいおい、ガキ一人に何を手間取ってるんだ」

他の連中が笑って言うと、男はますます顔を真っ赤にさせ、竜司に殴りかかってきた。それもヒラリとかわすと、男は思いきり壁を殴りつけてしまい、その痛みにとうとう殺気をむき出しにしてきた。

ポケットからナイフを出して突きかかってきたので、竜司は靴先で軽く蹴り上げた。

「く……！」

手から離れたナイフが天井に刺さり、さらに竜司の回し蹴りが男の脇腹に激しく炸裂した。男は何本か肋骨《ろっこつ》を折られ、声もなく泡を吹いて昏倒した。

「こいつ、出来るぞ！」

他の連中も気色ばみ、一斉に竜司に摑みかかってきた。

しかし竜司は、一瞬にして四人の膝を蹴って皿を粉砕し、よろけたところへ順々に睾丸を蹴り潰していたのだ。

「むぐ……！」

全員が、白目を剝《む》いて床に転がった。

竜司は連中を跨いで奥へ進み、残る一人に近づいた。

「あの、弁償代を頂けますか。三万円ぐらいでいいと思います」

息一つ切らさずに言うと、スーツ姿の男は笑みを浮かべ、小さく首を振って嘆息した。なかなか苦み走った良い男だが、さすがに目つきは数限りない修羅場をくぐり抜けてきたような凄みがあった。

「喧嘩の天才ってのは、いるものなんですねえ。弱そうに見えるのが真の強者というが、良いものを見せて頂きました」

男は言い、立ち上がって倒れている一人に屈み込み、札入れを取り出した。

そして振り返り、十枚ほどの一万円札を差し出してきた。

「いえ、三枚でいいです」

竜司が三枚だけ受け取り、残りを返した瞬間、男の手に握られた拳銃が彼の喉元に突きつけられていた。

「油断大敵ですよ。どうします？」

「いや、あなたは撃つ気はないでしょう。だからよけませんでした」

竜司は平然と言い、三万円をポケットに入れた。

「若いのに大したものだ。惚《ほ》れましたよ」

男は言って拳銃を下ろし、名刺を差し出してきた。名は、『坂田時夫《さかたときお》』とあった。

「私は、この組の人間じゃありません。流れ者の用心棒で、売り込みに来ていたところでした。まあ、この程度の連中なら世話になる気も失せましたが」

「では、これで」

「お名前を」

「鬼道竜司。鬼の道に竜を司《つかさど》る」

「鬼道さん、覚えておきましょう」

時夫が言い、竜司も踵《きびす》を返して事務所を出た。階段を下りると、恵美が不安げに立って待っていた。

「無事だったの……？」

「うん、これお金。それから携帯」

竜司は恵美に三万円を渡し、携帯を出してスイッチを入れた。そして写メを出し、恵美の目の前で学生証の写真を消去してから、携帯を組のポストに入れた。

「さあ、これで大丈夫。行こうか」

言ってビルを出ると、竜司は今にも倒れそうな恵美を支え、商店街に出た。

すると、そこにちょうど自転車屋があったので、中に入り、恵美に選ばせた。彼女も混乱しながら、前と似たタイプの自転車を買ったが、だいぶお釣りが出た。

「じゃ、アパートまで送るからね」

竜司は言ってサドルに跨がり、上着を脱いで畳み、クッション代わりに荷台に敷いて恵美を横座りにさせた。

多くのことがあって動揺している恵美は、言いなりになって後ろから彼に両手を回してきた。

竜司はペダルを踏み込み、裏道ばかりを通って猛スピードで夜の街を走った。

「も、もっとゆっくり……」

恵美が、必死にしがみつきながら言った。

竜司は、地理も恵美の住所も分かり、迷うことなく最短距離と時間で彼女のアパートまで送り届けることが出来たのだった。

「壊れた自転車は、佐和子さんに言って粗大ゴミに出してもらうから」

「あ、あの……、入って。詳しく聞きたいわ……」

竜司が言うと、恵美は去りがたい表情で縋《すが》るように言い、やがて彼も部屋に入っていった。

第二章　美少女の蜜の匂い

「ごめんなさい。私、まだ胸がドキドキして、あの怖い人たちが来るような気がするので、つい竜司君に入ってもらったけど……」

恵美が竜司に言い、それでも部屋に入ってだいぶ落ち着いたようだった。

「私、男の子を部屋に入れるの初めてよ……」

「僕も、女の子の部屋に入ったの初めてだよ」

竜司は答え、室内を見回した。

2DKで、キッチンもリビングも清潔に整頓されていた。学習机の周辺も本が整然と並んでおり、もう一部屋は寝室のようで、部屋中に生ぬるく甘ったるい匂いが籠もっていた。

「食事していって。シチューいっぱい作っちゃったから」

恵美は言って立ち上がり、何かしながら頭の中を整理するように、エプロンをして甲斐甲斐しくキッチンで仕度をはじめた。

彼女はシチューをコンロで温め、皿を用意した。

「パンがいい？　コンビニのおにぎりもあるわ」

「お、おにぎりは……、パンの方がいい」

言われて、竜司は慌てて答えた。

「おにぎり、嫌いなの？」

「う、うん、どちらかというとパン食の方が」

言うと、恵美はピーチベーカリーで買ったらしいパンを何切れか出してくれた。

そしてシチューを皿に盛り、二人は差し向かいで夕食を食べた。

今までは、パンを買いに行ったときに短く挨拶する程度だったのに、まさか恵美の部屋に来るような展開が待っているなど夢にも思わなかったものだ。

ストレートの長い黒髪に、愛くるしい円《つぶ》らな目、唇も小さめで色白、育ちの良いお嬢様タイプだ。

竜司は食事をしながら、恵美のことが手に取るように分かってきた。高校時代は女子校で、今も女子大。あまり男と知り合う機会もなく、十九になっても奇跡的に処女のままのようだ。

竜司は、パン屋の二階のハイツに越してきてから佐和子の面影でのオナニーが多かったが、もちろん同級の恵美も何度も妄想でお世話になっていた。

「とっても美味しいよ」

「そう、良かったわ。それより、よく事務所から出てこられたわね。もう少し遅かったら、交番へ行こうと思っていたの。いったい中で何が？」

竜司がシチューの感想を言うと、恵美が先ほどのことを訊いてきた。

「ああ、携帯の写メを消去して、弁償してくれと言ったら、お前はあの子の彼氏かって訊かれた」

「それで？」

「彼氏になれたらいいなあと思ってると答えた」

「そう……」

「そうしたら、奥にいた偉そうな人が出てきて、こんなガキを相手にするなと言ってお金をくれて、携帯も渡すように言ってくれたんだ。それで、君の前で消去した方が安心すると思って、持って出てきたんだ」

「すごいわ……、あんな場所に一人で入っていけるなんて……」

「うん、弱そうな僕が一人で行ったから、偉そうな人も見直してくれたんだと思う」

「何もなくて良かったわ。本当に、どうも有難《ありがと》う……」

恵美が丁寧に言い、やがて食事を終えると茶を入れてくれ、彼女は洗い物をした。

（八割方、初体験をしてもいいと思っているな……）

竜司は、恵美の心根を察して分析した。

残り二割は羞恥と、もともと竜司のことなどあまりタイプでなかったのに、急に惹《ひ》かれはじめた戸惑いと躊躇《ちゅうちょ》だろう。

まあ、押せば簡単に落ちそうだった。ついさっき佐和子と初体験をしたその日に、無垢な美少女を抱けると思うと、期待と興奮に激しく胸が高鳴ってきた。

今日という日は、自分にとって相当に大きな運命の転換期だったのだろう。

「さっき自転車に乗っているとき、何だか竜司君の背中が、すごく大きく逞しく思えたわ……」

洗い物を終えた恵美が、手を拭いて戻りながら言った。

竜司は立ち上がり、いきなり彼女を抱きすくめてしまった。

「あん……！」

彼女は驚いたように声を上げ、一瞬身を硬くしたが、すぐにぐんにゃりと力を抜いて竜司に身を任せてきた。

彼は軽々と恵美を横抱きにし、寝室へと入っていった。

中は四畳半ほどの洋間で、ベッドが据えられ、あとは作り付けのクローゼットがあるだけだった。

竜司は恵美を横たえ、すぐにも上からのしかかって唇を奪ってしまった。

柔らかく清らかな感触と唾液の湿り気が伝わり、熱く湿り気ある息が甘酸っぱく鼻腔を刺激してきた。

（これが処女の、美少女の匂いなんだ……）

竜司は、佐和子との違いを味わいながら舌を差し入れ、白く滑らかな歯並びを左右にたどった。さらにピンク色の引き締まった歯茎まで舐め回すと、オズオズと恵美の歯が開かれていった。

美少女の口の中には、さらに濃厚な果実臭が悩ましく籠もり、舌を侵入させてからみつけると、何とも滑らかで生温かな舌触りが伝わってきた。

執拗《しつよう》に舌をからめ、うっすらと甘い唾液を味わいながらブラウスの胸に手を這わせると、

「ク……！」

恵美が微かに眉をひそめて小さく呻き、ビクリと全身を強ばらせた。そして反射的に、チュッと強く彼の舌に吸い付いてきたのだ。

恵美は竜司のパワーに押され、もう僅かなためらいも吹き飛んでいた。

竜司は、心ゆくまで美少女の舌を舐め、甘酸っぱい吐息と生温かな唾液を吸収し、すっかり酔いしれた。

ようやく唇を離すと、恵美も放心したようにグッタリと身を投げ出していた。

竜司は彼女のブラウスのボタンを外してゆき、左右に開いた。

そして恵美の半身を起こして脱がせ、ついでにブラの背中のホックも外し、取り去

ってしまった。恵美は、もう糸の切れたマリオネットのようにフラフラとされるがままになっていた。

再び横たえ、スカートを脱がせ、ソックスと下着まで引き下ろし、たちまち手際よく一糸まとわぬ姿にさせてしまった。

観察は後回しだ。竜司もいったんベッドから下り、手早く脱いで全裸になり、期待に激しく勃起したペニスを露わにした。

まず竜司は、恵美の足裏から舌を這わせはじめた。

美少女の足裏は生温かく、どこも柔らかだった。今日も大学に行って勉強し、昼で講義が終わったのでバイトに来て働き、その帰り道にアクシデントもあって一日中忙しく動き回っていたので、指の股は汗と脂に湿り、ムレムレの匂いが籠もっていた。

竜司は鼻を割り込ませ、指の股の匂いを貪り、やがて爪先にしゃぶり付いて順々に舌を潜り込ませていった。

「あう……！」

恵美が目を閉じ、ビクリと脚を震わせて呻いた。

彼は桜色の爪をコリコリと噛み、全ての指の間を舐めてから、もう片方の足にも顔を埋め、味と匂いが消え去るまでしゃぶってしまった。

次第に恵美の身悶え方が激しくなり、呼吸も熱く弾んでいた。

竜司は脚の内側を舐め上げ、彼女の股間に顔を進めていった。

「アア……、駄目、恥ずかしいわ……」

大股開きにさせて内腿を舐めると、恵美が両手で顔を覆って言った。

竜司は構わず、ムッチリとした滑らかな内腿に頬ずりし、少女の割れ目に目を凝らした。

ぷっくりした丘に楚々《そそ》とした若草が恥ずかしげに煙り、割れ目は丸みを帯び、まるで二つのゴムまりを横に並べて押しつぶしたようだった。その縦線から、僅かにピンクの花びらがはみ出していた。

指を当て、そっと陰唇を開くと、恵美の内腿がピクッと反応した。

中も綺麗な薄桃色の柔肉で、清らかな蜜にヌメヌメと潤っていた。

無垢な膣口は細かな襞を花弁状に入り組ませて息づき、ポツンとした尿道口も可愛らしかった。

包皮の下からは、佐和子よりずっと小粒のクリトリスが顔を覗かせ、ツヤツヤとした真珠色の光沢を放っていた。

竜司は、白い内腿に挟まれながら熱気と湿り気に誘われ、美少女の茂みの丘に鼻を埋め込んでいった。柔らかな若草に鼻を擦りつけて嗅ぐと、汗とオシッコの匂いが程よく蒸れて鼻腔を刺激してきた。

舌を這わせると、やはり陰唇の内側のヌメリには淡い酸味が含まれていた。

「ああッ……！」

膣口からクリトリスまで舐め上げていくと、恵美が声を上げ、内腿でキュッときつく彼の顔を締め付けてきた。

竜司はもがく腰を押さえつけ、チロチロとクリトリスを舐めては、新たに溢れてくる愛液をすすり、さらに脚を浮かせて白く丸いお尻に迫っていった。

谷間には、可憐な薄桃色の蕾がひっそり閉じられ、鼻を埋め込むと淡い汗の匂いに混じり、秘めやかな微香が籠もっていた。

舌先でくすぐるように探り、収縮する襞を濡らしてからヌルッと潜り込ませると、

「あう……、駄目よ、そんなこと……」

恵美が朦朧《もうろう》となりながら呻き、モグモグと肛門で彼の舌先を締め付けてきた。

竜司は滑らかな粘膜を味わい、舌を出し入れさせるように蠢かせてから、再び割れ目に戻って蜜を舐め取り、クリトリスに吸い付いていった。

2

「アア……、き、気持ちいい……」

恵美が、何度かビクッと顔をのけぞらせて喘いだ。

やがて竜司が執拗にクリトリスを舐めていると、とうとう恵美も昇り詰めてしまったようだ。

やはり自分でも、クリトリスオナニーぐらいはしているだろうし、まして羞恥もプラスされているから、かなり激しくいってしまったらしい。

硬直したままヒクヒクと全身を震わせ、粗相したように大量の愛液を洩らしていたが、そのうちグッタリとなってしまった。

竜司は股間から顔を上げ、身を起こして前進した。

激しく屹立しているペニスを下向きに押さえつけ、濡れた割れ目に先端を擦りつけ位置を定めた。

まさか、美熟女に手ほどきを受けた同じその日に、今度は処女を征服する展開になるとは夢にも思わなかったものだ。

充分に先端にヌメリを与えてから、竜司は息を詰めてゆっくりと挿入し、処女を奪う感触と感激を嚙み締めた。

張りつめた亀頭がズブリと潜り込むと、処女膜が丸く押し広がってきつくくわえ込んだ。しかし潤いが充分なので、彼はそのまま勢いを付け根元までヌルヌルッと貫いてしまった。

「あう……！」

恵美が眉をひそめて呻き、また全身をビクリと強ばらせた。

竜司は、肉襞の摩擦と熱いほどの温もり、きつい締め付けを感じながら深々と押し込み、股間を密着させた。

そして脚を伸ばして身を重ね、彼女の肩に腕を回してシッカリ抱きすくめながら、まだ動かず温もりと感触を味わった。

恵美は奥歯を噛み締めたまま、破瓜《はか》の痛みに身動きせず、それでもノロノロと下から両手を回してしがみついてきた。

竜司は我慢できず、胸で柔らかく弾むオッパイを押しつぶしながら、そろそろと腰を突き動かしはじめ、吸い付くような締め付けを堪能した。

「アア……」

恵美がかぐわしい息で喘ぎ、竜司も美少女の口に鼻を埋め込み、甘酸っぱい湿り気を吸収しながら徐々に動きを速めていった。

さらに屈み込み、桜色の乳首を含んで舌で転がし、柔らかな膨らみに顔中を押しつけると、甘ったるい汗の匂いが馥郁と揺らめいてきた。

左右の乳首を交互に吸い、執拗に舐め回したが、恵美は全神経が股間に集中しているようで、乳首への反応はなかった。そして彼女の腋の下にも顔を埋め込み、スベスべの腋に籠もった汗の匂いを嗅ぎ、彼も激しく高まっていった。

我慢して長く保《も》たせる必要もないので、竜司も焦《じ》らさず、一気にオルガスムスに向かいはじめた。

彼女も、次第に痛みが麻痺したようにグッタリとなり、やがて竜司は股間をぶつけるように突き動かしながら、そのまま昇り詰めてしまった。

「く……！」

突き上がる大きな快感に呻きながら、彼はありったけの熱いザーメンをドクンドクンと勢いよく柔肉の奥にほとばしらせた。

「あぁッ……！」

噴出を感じたか、恵美が熱く喘いで、キュッときつく締め付けてきた。

竜司は心置きなく最後の一滴まで出し尽くし、徐々に動きを弱めながら美少女の肉体に身を預けていった。

膣内は、いつまでもキュッキュッときつく締まり、刺激されたペニスがヒクヒクと跳ね上がった。彼は美少女の甘酸っぱい息を嗅ぎながら、うっとりと快感の余韻を噛み締めた。

やがて呼吸を整えると、竜司は身を起こし、そっとペニスを引き離した。

ティッシュを手にし、ペニスを手早く拭ってから彼女の股間に潜り込んで観察すると、陰唇が痛々しくめくれ、膣口から逆流するザーメンにうっすらと血の糸が走っていた。

ティッシュを当てて優しく拭ってやり、処理を終えると竜司は再び恵美に添い寝していった。

「痛かった？　大丈夫？」

囁くと、恵美も小さくこっくりした。

竜司は彼女に腕枕してやり、甘く乳臭い髪の匂いを嗅ぎながら、急激にムクムクと回復していった。

しかし今夜は、もう挿入されるのは嫌だろう。

竜司は恵美の顔を引き寄せ、自分の左の乳首を彼女の口に押しつけた。

「舐めて……」

言うと、恵美も素直に乳首にチロチロと舌を這わせ、彼の肌に熱い息を吐きかけてきた。

「噛んで……」

さらにせがむと、恵美も白く綺麗な歯並びでそっと乳首を挟んでくれた。

「もっと強く、思い切り噛んで……」

竜司は、いつしかペニスを完全に元の大きさと硬さに取り戻しながら言った。恵美も遠慮がちに力を込めてくれ、彼は甘美な刺激に淫気を高めていった。

恵美も徐々に自分を取り戻し、彼の左右の乳首を念入りに愛撫してくれた。

さらに彼は恵美の顔を股間へと押しやり、手を握ってペニスに導いた。

「あん……」

彼女は小さく声を洩らし、それでもやんわりと幹を包み込み、生温かく汗ばんだ柔らかな手のひらで、ニギニギと無邪気に観察してきた。

そして顔を寄せ、熱い好奇の視線をペニスに注ぎ、竜司は美少女の息を感じてヒクヒクと幹を震わせた。

「変な形。でも、こんなに大きなものが入ったのね……」

恵美は言い、幹を撫で、張りつめた亀頭に触れ、陰囊にも指を這わせてきた。

「お口で可愛がって……」

囁くと、恵美は少しためらいながらも、やがてそっと舌を伸ばし、先端に触れてくれた。尿道口から滲む粘液を舌先で拭い取るように舐め、さらに張りつめた亀頭にもしゃぶり付いてきた。

「ああ……、気持ちいい……」

竜司が身を投げ出して喘ぐと、恵美も彼の反応が嬉しいようにスッポリと含んでくれた。

さらに小さな口を丸く開いて、根元まで精一杯頬張り、チュッと吸い付いてきた。

美少女の口の中は温かく濡れ、内部では、探るようにチロチロと舌が蠢いた。

竜司は清らかな唾液にまみれながら高まり、思わずズンズンと小刻みに股間を突き上げはじめてしまった。

「ンン……！」

喉の奥を突かれると、恵美は小さく呻き、新たな唾液をたっぷりと溢れさせてくれた。そして突き上げに合わせ、彼女も顔全体を上下させ、スポスポと艶めかしい摩擦を開始してきた。

たちまち竜司は絶頂を迫らせ、動きを速めながら大きな快感に全身を貫かれてしまった。

「ああ、いく……！」

身悶えながら口走り、熱い大量のザーメンを勢いよく美少女の神聖な口の中に噴出させてしまった。

「ク……」

喉の奥を直撃され、恵美が眉をひそめて呻いた。

「飲んで、全部……」

竜司は溶けてしまいそうな快感と、清らかなものを汚す悦《よろこ》びに包まれながら言い、心置きなく最後の一滴まで出し尽くしてしまった。

やがて激情が過ぎ、彼はグッタリと身を投げ出して荒い呼吸を繰り返した。

恵美も亀頭を含んだまま動きを止め、口に溜まったものを思い切ってゴクリと飲み込んでくれた。

「アア……」

喉が鳴ると同時に口腔がキュッと締まり、彼は駄目押しの快感に喘いだ。

恵美も、一滴余さず飲み干してくれ、ようやくチュパッと口を引き離した。そして幹を握り、まだ尿道口から余りの雫が膨れ上がると、舌先で丁寧に舐め取り、全てすってくれた。

竜司は、無邪気に舐められながら、射精直後で過敏になった亀頭をヒクヒクと震わせ、うっとりと余韻を味わった。

全て綺麗にすると、恵美は恥じらうように俯いて舌なめずりをし、そっと添い寝してきた。

「ああ、気持ち良かったよ。ごめんね……」

「ううん……」

言うと、恵美は小さく答えた。後悔している様子もないので、竜司も安心して呼吸を整えたのだった……。

3

「綺麗にしているわね。安心したわ」

部屋に入ってきた叔母の奈津子《なつこ》が、室内を見回して言った。

「ええ、まだ引っ越してきたばかりですからね」

竜司は答え、彼女を座らせて茶を入れてやった。今朝、来るという電話をもらい、竜司も待機していたのである。

奈津子は三十八歳、元は小学校教師で、今は都下郊外に嫁いでいる主婦だが、子供はいなかった。竜司の母親の腹違いの妹であった。

今までもあまり交流はなく、祖父母の法事などでたまに顔を合わせる程度だったが、綺麗な叔母さんだなという印象はあった。

栗色の髪がふんわりと肩にかかり、大家の佐和子以上の巨乳だが、ウエストはキュッとくびれて、なかなか色っぽいプロポーションだった。

「ちょうど良かったです。叔母さんに、鬼道家のことを詳しく訊きたいと思っていたので」

竜司が向かい合わせに座って言うと、奈津子の表情が急に強ばった。

「そう、もう女を知ってしまったの……？」

嘆息混じりに唐突に言われ、竜司は目を丸くした。

「うわ、どういうことです……」

「身体に変化はあった？」

「大ありです。急に力が強くなって、素早く動けるし、相手の気持ちも分かるようになった気がするし、度胸もついて……」

まくし立てるように言うと、奈津子は茶をすすり、小さく息を吐いた。

「順々に、具体的に話して」

言われて、竜司は話しはじめた。もちろん初体験の相手が、階下の大家とは言わずに濁し、ヤクザの事務所に行って五人を叩きのめしてしまったこと、自転車で人を乗せて猛スピードで走れたこと、そして何より、今まで以上に精力が強くなってしまったことなどを話した。

「そう……、人を殺さなかっただけマシだわ……」

「何が起きたんです。僕の身体に」

「鬼道家の男子は、といっても竜司君が百何十年ぶりの男子だったけれど……」

奈津子が言う。確かに女系の家柄で、父も婿養子である。

「十八になって女を知ると、そこで鬼の力が現れてくると言われているの」

「やっぱり、鬼ですか……」

奈津子の言葉に、竜司も嘆息して言った。名字に鬼が付くし、幼い頃から何度となく鬼という言葉を聞かされてきたのだ。

「鬼も十八、番茶も出花、とは関係ないですか？」

「ないわ。とにかく鬼のパワーが外に出るの。見かけはそのままだけど、人の何倍もの力は出るし、頭脳も明晰《めいせき》になるわ」

「じゃ、来年の受験は大丈夫ですね」

竜司が笑って言うと、来年の話をすると鬼が笑うということわざを思い出した。

「とにかく、私たちも語り継がれてきたことしか知らないから、竜司君がどうなるか分からないのよ。竜司君より前の男子は幕末から日露戦役で活躍した鬼軍曹で、皇寿《こうじゅ》、つまり百十一歳で昭和初期に亡くなっているわ。最後まで元気だったらしいけど」

「へえ、すごいな……」

「でも、今は戦争もないし、大暴れする場もないから大変に目立つわ。どうか控えめに、平凡に暮らしてほしいの」

奈津子が言う。

どうやら一族でも女には、そうした特徴が現れないらしい。

男も、見かけが変貌するわけではないから、大人しくしている分には目立たないだろう。ただ、人並み外れた文武両道の天才になるわけだから、大抵の希望の職業には就けるに違いない。

「それで、親たちは怖くなってアメリカへ？」

「それは単なる偶然。でも十八になった竜司君をずいぶん心配していたから、たまに私が様子を見に来るように言われているわ」

「おにぎりが苦手なのは？」

竜司は、気になっていたことも訊いてみた。

「鬼斬りに通じるからでしょうね。言霊《ことだま》に反応しているのだわ」

「そう……、でもどうして、初エッチで目覚めるんだろう……」

「それは、女に挿入した時点で、相手の気や体液を吸収し、スイッチが入るよう遺伝子にインプットされているのでしょうね」

挿入、というところを奈津子は少し言いにくそうに口にした。

(出来るかな、叔母さんと……)

竜司は、奈津子に淫気を催《もよお》しながら思い、彼女の心根を分析した。

(若い男を抱きたい気持ちが3、鬼の力を持った僕への好奇心が3、最近叔父さんともしていないので欲求不満が3、あと残りの1は、さすがに身内へのためらいというところか……)

要するに九割方は大丈夫で、竜司の方から押せばすぐにも開始できそうだった。

「ね、叔母さんからも、詳しく教わってみたい」

竜司は思いきって言ってしまった。

「何を……」

「エッチを。同族の体液を吸収すると、もっとパワーが増すかも知れないし」

「そんな……」

奈津子はドキリとしたように身じろぎ、小さく答えた。竜司の目算通り、どうやら彼女もまた、淫気を催していたようだ。

「まだ覚えたてでよく知らないから、どうか教えて」

竜司は言って立ち上がり、ベッドに近づいて服を脱ぎはじめてしまった。

すると、奈津子もこちらに来てブラウスのボタンを外してくれた。

「い、いいの……？」

「断われないの。鬼の力を宿した男には……」

嬉しくて言う竜司に、奈津子は脱ぎながら答えた。それで、処女であった恵美もすんなり応じてくれたのかも知れない。

今後は、したいと思った相手とは、必ず出来ることになりそうだ。

いや、それはつまらないのではないかと思ったが、やはり出来れば良いのだと、すぐに竜司は思い直した。

先に全裸になると、竜司は自分のベッドに横になって待った。

「明るいわ……」

奈津子が言い、それでも最後の一枚を脱ぎ去ってくれた。

カーテンを引いても、午後の陽射しが入り込み、熟れ肌を観察するには充分な明るさだった。

招くと、彼女も優雅な仕草でベッドに身を横たえてきた。

「わあ、大きい……」

竜司は思わず言い、佐和子以上の爆乳に顔を埋め込み、色づいた乳首にチュッと吸い付いていった。

「ああ……」

すぐにも奈津子が熱く喘ぎ、熟れ肌をくねらせはじめた。

遠出してきたから白い肌も汗ばみ、胸元や腋から甘ったるい体臭が漂っていた。

竜司はコリコリと硬くなった乳首を舌で転がし、もう片方にも手を這わせた。膨らみは手のひらに余り、柔らかな感触が伝わってきた。

彼は奈津子を仰向けにさせ、左右の乳首を交互に含み、充分に舐めてから腋の下にも顔を埋め込んでいった。

そこには、何とも色っぽい腋毛が煙り、竜司は夢中になって鼻を埋め込んだ。汗に湿った腋毛には、甘ったるいミルクに似た体臭が濃厚に籠もり、鼻腔からペニスにまで刺激が響いてきた。

感触は恥毛を思わせて艶めかしく、竜司は何度も鼻を擦りつけて嗅ぎ、やがて脇腹を舐め下りていった。

肌は実に滑らかで、やはり表面はうっすらと汗の味がした。

ふくよかな腹から腰、量感ある太腿をたどり、脚を舐め下りていった。

鬼の一族というせいなのか、割に奈津子は毛深い方だった。脛の体毛が悩ましい舌触りを伝え、やがて彼は足裏を舐め、指の股に鼻を割り込ませた。

汗と脂に湿り、蒸れた匂いが濃く籠もり、彼は美しい叔母の匂いを充分に嗅いでから、爪先にしゃぶり付いていった。

「アアッ……、くすぐったいわ……」

指の股にヌルッと舌を潜り込ませると、奈津子は拒むことはせず、声を震わせて喘いだ。

竜司は順々に指の間を舐め、もう片方の足もとことん貪った。

そして腹這いになって脚の内側を舐め上げ、美熟女の股間に顔を進めていった。

白くムッチリとした内腿を舐めると、すぐにも割れ目から発する熱気と湿り気が顔中を包み込んできた。

見ると、恥毛も情熱的に濃く密集し、下の方が愛液に濡れて雫を宿していた。

淡紅色に色づいた陰唇に指を当て、グイッと左右に広げると、

「あう……、恥ずかしいわ……」

奈津子が顔をのけぞらせて呻いた。恐らく叔父とのときも、こんな明るいところで大股開きになどなっていないのだろう。

中はヌメヌメする柔肉で、襞の入り組む膣口には、白っぽく粘つく愛液もまつわりついていた。濃い恥毛は、陰唇の左右から下に続き、肛門の周囲にまで及んで艶めかしかった。

クリトリスも親指ほどもある大きなもので、これも竜司の淫気をそそった。

彼は吸い寄せられるように恥毛の丘に鼻を埋め込み、擦りつけて隅々に籠もった体臭を嗅いだ。

甘ったるい汗の匂いに悩ましい残尿臭が混じり、その濃い刺激が鼻腔を掻き回してきた。舌を這わせると、淡い酸味の粘液がネットリと迎えてくれ、竜司は息づく膣口からクリトリスまで舐め上げていった。

「アアッ……、気持ちいい……、強く吸って……」

奈津子が身を弓なりに反らせて喘ぎ、内腿できつく彼の両頰を挟み付けてきた。

竜司は、亀頭の形をした艶やかなクリトリスを含み、チュッチュッと小刻みに吸引した。

4

「あうう……、いいわ、噛んで……」

奈津子が言い、竜司もそっと前歯で挟んでコリコリと甘噛みしてやった。

やはり鬼一族は、ソフトな愛撫より、痛いほどの強い刺激を好むのかも知れない。

すると奈津子の割れ目は、愛液が大洪水になってきた。

竜司は充分にクリトリスを責め、興奮の高まりにより酸味を増した蜜をすすり、さらに彼女の脚を浮かせていった。

逆ハート型の白く豊満なお尻に顔を迫らせ、谷間にキュッと閉じられた薄桃色の蕾に鼻を埋め込むと、顔中に双丘が心地よく密着し、秘めやかな微香が鼻の奥を刺激してきた。

舌先でチロチロと蕾を舐め、潜り込ませてヌルッとした粘膜も味わうと、

「く……！　駄目よ、汚いのに……」

奈津子は呻いて言い、キュッと肛門で舌先を締め付けたが、鼻先の割れ目からは新たな蜜がトロトロと漏れてきた。

彼は脚を下ろし、肛門から舌を引き抜いて溢れる雫を舐め取り、再びクリトリスに吸い付いていった。

さらに唾液に濡れた肛門に左手の人差し指を浅く潜り込ませ、右手の二本の指を膣内に差し入れ、天井を擦った。

「アアッ……、感じる……！」

三点責めに、奈津子が声を上ずらせて喘ぎ、前後の穴で彼の指をキュッキュッときつく締め付けてきた。

竜司は肛門に入った指を出し入れさせるよう小刻みに動かし、膣内の指は天井を圧迫したり、内壁を擦ったりさせ、執拗にクリトリスを舐め、時に歯で挟んで刺激しながら吸った。

「い、いく……、アアーッ……！」

たちまち奈津子はガクガクと全身を波打たせ、大量の愛液を噴出させながらオルガスムスに達してしまった。

竜司は熟女の絶頂の凄まじさに目を見張り、やがて彼女がグッタリして無反応になると、ゆっくり前後の穴から指を引き抜いた。

「あう……」

ヌルッと指が離れると、奈津子はビクリと反応して呻いた。

肛門に潜り込んでいた指に汚れの付着はなく、爪に曇りはなかったが微香が感じられた。膣内に入っていた二本の指は、白っぽく攪拌《かくはん》された愛液でヌルヌルにまみれ、指の腹は湯上がりのようにふやけてシワになり、指の間は生温かな粘液が膜が張るほどだった。

竜司は股間から這い出し、再び奈津子に添い寝して腕枕してもらった。熱く甘い息と、甘ったるい体臭に包まれながら、勃起したペニスを熟れ肌に押しつけた。

奈津子も気づき、荒い呼吸を繰り返しながら、ノロノロと移動を開始した。

竜司が仰向けになると、奈津子は彼の股間に身を置き、屹立した肉棒に屈み込んできた。

まず、豊かに揺れる爆乳の谷間にペニスを挟み、グイグイと押しつけてきた。

「ああ……」

温かく柔らかな膨らみの感触に、竜司は喘いで幹を震わせた。

奈津子は谷間に挟み付け、両側から手で揉みながら舌を伸ばした。粘液の滲む尿道口をチロチロと舐め、次第に張りつめた亀頭にも長い舌を這わせてきた。

やがて彼女は完全にスッポリと根元まで呑み込んでくれ、温かく濡れた口腔を締め付け、熱い鼻息で恥毛をくすぐった。

上気した頰をすぼめ、チューッと吸い付きながらスポンと口を離すと、今度は陰嚢にも舌を這わせ、二つの睾丸を転がしてくれた。

さらに彼女は自分がされたように竜司の脚を浮かせ、尻の谷間にも舌を這わせ、ヌルッと肛門に潜り込ませてきたのだ。

「く……」

竜司はモグモグと肛門で美女の舌を締め付け、妖しい快感に高まっていった。舌が蠢くと、ペニスは内部から操《あやつ》られるようにヒクヒクと上下した。やがて彼女も舌を引き抜いて彼の脚を下ろし、再びペニスにしゃぶり付いてきた。

喉の奥まで呑み込み、長い舌をからめながらスポスポと摩擦し、たっぷりと溢れた唾液で温かく彼自身を浸した。

「いい……？」

やがて口を離すと、奈津子が熱っぽい眼差しで訊き、返事も待たずに身を起こして彼の股間に跨がってきた。

幹に指を添え、自らの唾液に濡れた先端を割れ目に押しつけ、息を詰めてゆっくりと腰を沈み込ませてきた。

たちまち張りつめた亀頭がズブリと潜り込み、あとは重みとヌメリに任せヌルヌルッと滑らかに呑み込まれていった。竜司は肉襞の摩擦と温もりに包まれ、暴発を堪えて奥歯を嚙み締めた。

「あぁッ……、いいわ、すごく……！」

奈津子が深々と受け入れて股間を密着させ、顔をのけぞらせて喘いだ。

竜司もキュッときつく締め付けられ、母の妹と交わってしまった禁断の快感に全身を包まれた。

彼女は何度か股間を擦りつけるように動かしてから、ゆっくりと身を重ねてきた。

竜司も下から両手を回して抱き留め、重みと温もりを感じながら、僅かに両膝を立て、小刻みに股間を突き動かしはじめた。

「いい気持ち……、もっと突いて……」

奈津子は耳元で喘ぎながら、突き上げに合わせて腰を動かした。溢れる愛液が律動を滑らかにさせ、ピチャクチャと卑猥な摩擦音を立てながら互いの股間をビショビショにさせた。

竜司は高まりながら、彼女の白い首筋を舐め上げ、かぐわしい唇に迫った。

間からは白く滑らかな歯並びが覗き、熱く湿り気ある白粉《おしろい》臭の息が悩ましく洩れていた。

やがて奈津子が、上からピッタリと唇を重ねてきた。

竜司も柔らかな感触と唾液の湿り気を味わい、舌を差し入れていった。

「ンン……」

奈津子が熱く鼻を鳴らして彼の舌に吸い付き、生温かくトロリとした唾液を注ぎ込んでくれた。竜司は小泡の多い粘液を味わい、喉を潤すたび甘美な悦びに胸が満たされていった。

「顔中、舐めて……」

充分に舌をからめてから、竜司は動きを速めながら、奈津子の口に鼻を押しつけて囁いた。

すると彼女も舌を伸ばし、竜司の鼻の穴を舐め回し、まるでフェラチオするように鼻にしゃぶり付いてくれた。甘い刺激が鼻腔を満たし、彼の胸いっぱいに美女の口の匂いが満ちた。

さらに奈津子は彼の頬から鼻筋、額から耳まで舐め回してくれ、生温かな唾液で顔中ヌルヌルにまみれさせてくれた。

「い、いっちゃう……、アアッ……!」

もう堪らず、竜司は口走りながら激しく昇り詰めてしまった。

大きな快感とともに、マグマのように熱い大量のザーメンが一気に噴出し、膣内の奥深い部分を直撃した。

「あう！　熱いわ、気持ちいい……！」

噴出を受け止めると同時に、奈津子も声を震わせ、ガクンガクンと狂おしい痙攣を開始した。やはり舌と指で果てるより、挿入で迎える絶頂の方がずっと大きいようだった。

膣内の収縮も高まり、竜司は締め付けとヌメリの中で心置きなく最後の一滴まで出し尽くした。

やがて彼はすっかり満足し、徐々に動きを弱めていった。次第に奈津子も熟れ肌の強ばりを解いてゆき、グッタリと力を抜いてもたれかかってきた。

「ああ……、すごいわ……、こんなに良かったの、初めて……」

奈津子が満足げに言いながら体重を預け、まだ名残惜しげに膣内をキュッキュッと締め付け続けていた。

「一瞬、中ですごく大きくなって暴れ回った感じがしたわ……、そこだけ鬼に変わったみたいに……」

「叔母さんのアソコも、すごく締まって気持ち良かったです……」

彼は答え、奈津子の甘い白粉臭の息を嗅ぎながら、うっとりと快感の余韻に浸り込んでいった。

「とうとう、同族と交わってしまったわ……」

「何だか、前より力が湧いてきたようです。やはり同族の気と体液は身体に合うのかも」

竜司は、膣内でヒクヒクと幹を震わせて言った。

「そんなことないわ。全ての生物は近親姦を避けるため、自分とは違う種類のフェロモンを求めるはずよ。あう……、もう堪忍《かんにん》して……、動くと感じすぎて、立てなくなるから……」

奈津子が腰をよじって言い、とうとう股間を引き離してきた。

5

「ああ、やっとさっぱりしたわ……」

シャワーを浴び、奈津子がほっとしたように言った。

ほっとしても、もう全て済んでしまった後なのだが、やはり遠出で汗ばんでいたから気になっていたのだろう。

竜司も身体を流し、狭いバスルームで肌をくっつけていると、またモヤモヤと妖しい気分になってきてしまった。奈津子の肌は脂が乗って湯を弾《はじ》き、何とも色っぽく染まっているのだ。

「鬼って何ですか」

竜司は、淫気を抑えながら訊いてみた。

「おぬ、というから、そこに居ないもの。つまり目に見えない何かね」

元教師の奈津子は、熟れ肌を息づかせて答えた。

「全知全能に近いのに、神様とは違うのかな」

「鬼神といって、一緒くたにされることもあるわ」

「力を持ってしまった僕は、どうしたら一番いいんだろう」

「人並み外れた能力の持ち主は、必ず何かに利用されるわ。特に、良からぬ者たちから……」

「でも、良くない誘いをはねつける力もあるのだから」

「まだ十八歳では、善し悪しを見極めるのは大変よ。特に、自分の欲望や好き嫌いにとらわれがちだから」

「なるほど、だから控えめで平凡に生きろと……」

確かに、重傷を負わせた五人が暴力団員だったから、一人の少年にやられたなどとは言わず、うやむやにしてしまうだろうが、これが外で多くの目撃者がいたり、不良少年などだったら、簡単には済まないかも知れない。

「ええ、好きな本を読んで、毎日楽しく過ごしたらいいわ。どうせ勉強なんかしなくても、来年はどこの大学だって受かるだろうから」

奈津子が言い、竜司も頷いた。

そして彼女が立ち上がり、バスルームを出ようとしたので、竜司はその腰にしがみついた。

「なに？」

「こうして……」

彼は言い、自分は床に座ったまま奈津子の片方の足をバスタブのふちに載せさせ、開いた股間に顔を寄せた。湯に湿った恥毛に鼻を埋めたが、もう濃厚な体臭は洗い流されていた。

それでも舌を這わせると、すぐにも新たな淡い酸味のヌメリが湧き出してきた。

「あん……、もう駄目よ。私はもう充分なの。これ以上すると、帰れなくなっちゃうから……」

奈津子が尻込みし、身を強ばらせて言った。

「ね、オシッコしてみて……」

「そ、そんなこと、出来るわけないでしょう……」

言うと、奈津子は驚いたようにビクリと身じろいだ。しかし逆らえないのか、興味もあるのか、その姿勢を崩すことなく、下腹に力を入れはじめてくれた。

見ると、彼女が力むたび割れ目内部の柔肉が、艶めかしく迫り出すように盛り上がった。

「あう……、い、いいの？　本当に出るわよ……」

やがて尿意が高まったか、奈津子が息を詰めて言い、竜司も応じるように再び割れ目に口を付け、舌を這わせた。

すると、淡い酸味の潤いが、急に味わいと温もりを変えて、チョロチョロとほとばしってきたのだ。

「アア……、信じられない、こんなこと……」

奈津子が、次第に勢いを付けて放尿しながら声を震わせた。

竜司は熱い流れを口に受けたが、味も匂いもそれほど反発的ではなく、むしろ淡いものに感じられ、喉に流し込んだ。甘美な悦びが胸いっぱいに広がり、控えめな匂いが鼻から抜けた。

溢れた分が胸から腹に伝っていき、すっかり回復しはじめたペニスを温かく浸してきた。

竜司は夢中になって飲み込んでいたが、それほど溜まっていなかったのか、間もなく流れは弱まり、あとは点々と滴《したた》るだけになった。

彼は口を付けて舌を這わせ、余りの雫をすすった。

「あぁッ……！」

奈津子は快感に喘ぎ、彼の頭に両手をかけてフラつく身体を支えていた。

竜司が舐めているうち、すぐに残尿は洗い流され、新たな愛液がネットリと割れ目内部に満ちていった。

「あん、もう駄目よ、もう止めて……」

クリトリスに吸い付くと、奈津子が言って腰を引き、彼の口を股間から引き離してしまった。

もう、本当に充分らしい。

「ね、こんなになっちゃった……」

しかし竜司の方は、もう一度出さないと終わらない。

甘えるように勃起したペニスを見せると、彼女がしゃがみ込んで両手の平に包んで愛撫してくれた。

竜司も身を起こしてバスタブのふちに腰をかけ、奈津子の目の前で両膝を全開にさせた。彼女もスッポリと呑み込み、クチュクチュと舌をからませながら、指で陰嚢まで愛撫してくれた。

「ああ……、気持ちいい……」

竜司は唾液にまみれながら喘ぎ、美女の口の中でヒクヒクと幹を震わせた。

奈津子も、このまま口でフィニッシュを迎えるべく激しく舌をからめては吸引し、熱い息を彼の股間に籠もらせながら、果ては顔全体を前後させ、スポスポと強烈な摩擦を開始してきた。

明るいバスルーム内で股間を見下ろすと、美熟女が夢中になっておしゃぶりする表情は何とも艶めかしかった。

しかも彼女は目を閉じ、涎《よだれ》まで滴らせながら吸い付いていた。

たちまちペニスも絶頂を迫らせ、竜司は彼女の頭に手をかけて前後に動かしはじめてしまった。

「い、いく……、ああッ……！」

竜司は大きな絶頂の快感に突き上げられて喘ぎ、同時に勢いよく熱いザーメンを奈津子の口の中に漏らしていた。

「ク……、ンン……」

彼女は喉の奥を直撃されて呻き、それでも噎せ返るようなこともなく噴出を受け止め、頬をすぼめて最後の一滴まで吸い出してくれた。彼も股間を突き出して硬直し、最後の一滴まで心置きなく出し切った。

奈津子は全て吸い出してから、ゴクリと喉を鳴らして飲み込んでくれ、ようやくスポンと口を離した。そして幹をしごき、余りの白濁液が尿道口から滲んでくると、それも丁寧に舐め回し、全てすすってくれた。

「アア……」

竜司は熱く喘ぎ、射精直後で過敏になった亀頭をヒクヒクさせながら、ようやく全身の強ばりを解いていったのだった。

「さあ、これでいいわね……」

奈津子は言い、最後にもう一度だけ先端をヌラリと舐め、互いの身体にシャワーを浴びせてからバスルームを出た。

やがて身体を拭き、部屋に戻った二人は身繕《みづくろ》いをした。

「じゃ、何かあったらメールして」

「分かりました」

言われて、竜司は奈津子とメールアドレスを交換した。

まさか、今まで疎遠だった血縁の美女と、こんなに深い仲になってしまうとは思わなかったものだ。

竜司は、買い物もあるので奈津子を駅まで送っていくことにした。

もう、一階のピーチベーカリーは閉店し、二人は夕暮れの住宅街を歩いた。

「あ、あの車、こっちへ突っ込んでくるよ」

途中、竜司は遥か先から来る乗用車を見て言うなり、奈津子を庇《かば》いながら路地に入った。

間もなく激しい衝撃音がし、恐る恐る路地から出ると、ちょうど二人が歩いている辺りの電柱に車が激突していた。別に竜司が狙われたわけではなく、大怪我をして突っ伏している運転手は泥酔しているようだった。

他の通行人が、急いで通報していたから構わず、そのまま二人は駅へと向かっていった。

「すごいわ、未来予知も出来るの……？」

「身辺に関わることだけだと思います」

奈津子が目を見張って言い、竜司も平然と答えた。

「そう、能力のひけらかしではなく、彼女とか周りの人を守ってあげてね」

「ええ、分かりました。鬼なのに、正義の味方にならないといけないんですね」

竜司は苦笑して答え、やがて駅に着くと彼は奈津子を見送り、引き返して本屋とコンビニに寄ってからハイツに戻ったのだった。

（誰とでも、エッチできる能力……）

竜司は思いながら歩き、また絶大な淫気を催すと、急に馴染《なじ》みのある甘い女の匂いが近づいてきた。

振り返ると、上の階の住人でピーチベーカリーのパート、買い物帰りの大鳥澄香がこちらに歩いてくるのが見えた。

第三章　若妻の甘いミルク

1

「あ、重そうですね。持ちますよ」

竜司は澄香に近づいて言い、抱えていたスーパーの袋を手にした。中はお米その他だから相当重そうだった。

「まあ、有難う。いいのかしら……」

澄香が、気弱そうな笑みを浮かべて言い、彼の好意に甘えてくれた。

大人しく控えめな美人だが、フェロモンだけは濃かった。ほっそりと見えるが、胸も腰も案外丸みを帯びていた。化粧気はないが、唇は赤い艶があり、目の下の雀斑《そばかす》も何となく清潔感があった。

「ええ、大丈夫ですよ。これぐらい」

「済みません」

竜司が荷物を持って歩くと、澄香もひっそりと後から従ってきた。

そしてハイツが近づいたところで、一人の男がこちらに駆け寄ってきた。どうやら澄香の帰宅を外で待っていたようだ。

「あ、あなた……」

澄香が顔を曇らせた。

どうやら、別居中の亭主らしい。佐和子の話では、このDV亭主が離婚に応じてくれないようなのだ。確か、名は一雄《かずお》。おそらくハイツも、亭主が探し当てて訪ねてきたのだろう。

三十ちょっとでパンチパーマ、いかにも凶悪そうな顔をして、肉体もがっちりしていた。

「何だ、この小僧は」

「な、何でもないの。同じアパートの人が荷物を持ってくれただけ。竜司君、有難う、もういいわ。ここで」

亭主に言われ、澄香は慌てて言って竜司の手から荷物を取ろうとした。

しかし、亭主は竜司の前に立ちはだかった。

「てめえ、澄香を抱いたか」

ギロリと睨み付けて言う。

「バカな。つまらない勘ぐりは止めて下さい」

竜司は、澄香に淫気を抱きながら答えた。むろん攻撃されても難なくあしらえる。

「何だと、その言い方は何だ、ガキ！」

亭主が拳を振り上げた。

「待て、大鳥」

と、そのとき横から声がして、一人のスーツ姿の男が近づいてきた。先日、暴力団の事務所で出会った坂田時夫だった。

「さ、坂田さん……」

一雄は蒼白《そうはく》になり、上げた拳を下ろした。どうやら、相当に時夫を怖がっているらしい。

「鬼道さん、こいつが何か無礼をしましたか。以前面倒を見ていた奴ですが、お許し下さい。良く言い聞かせますので」

時夫が、竜司に深々と頭を下げて言い、一雄と澄香は目を丸くして硬直した。

「この女性の旦那らしいですが、暴力を振るうので離婚調停中らしいです。何とかなりませんか」

竜司が言うと、時夫はジロリと一雄を振り返った。さすがに多くの修羅場をくぐっただけあり、一雄などとは凄みと貫禄が違う。

「女房に手を上げていたのか」

「い、いえ……」

低く言われ、時夫がガタガタ震えながら答えた。すぐに時夫は、竜司と澄香に振り返って柔和な笑みに戻った。

「どうしましょう。海に沈めるのは簡単ですが、やはり正式に別れて、慰謝料を取った方がよろしいかと思います」

言われても、澄香はどう答えて良いか分からない。代わりに竜司が言った。

「慰謝料と言っても、悪いことをして稼いだ金では有難くないでしょう」

「もっともです。ちゃんと働かせます。まあタコ部屋ですが、大手から依頼された正式な工事ですので、そこへ入れれば二度とあなた方の前には姿を見せないでしょう。後日、弁護士を寄越しますのでお話し下さい」

時夫は言い、また竜司と澄香に折り目正しく頭を下げ、やがて踵を返した。

「来い」

短く言い、先に歩き出すと、一雄はオドオドと二人を見てから、やはり逆らったり逃げ出すのは怖いらしく、背を屈めて小走りに時夫を追っていった。

それを見送り、竜司も澄香を促した。

「さあ、帰りましょう」

「え、ええ……」

言って歩き出すと、澄香も小さく答えてついてきた。

ハイツに戻り、階段を三階まで上がると、澄香が鍵《かぎ》を出してドアを開けた。

「あの、よろしければ少しお話を……」

「はい、構いません」

澄香が言い、竜司も悪びれず中に入った。部屋の作りは同じだから、上がり込んだ竜司は荷物を迷わずキッチンの隅に置いた。

澄香も、急いで茶の仕度をした。

「なぜ、あんな怖そうな人とお知り合いなの。あれは誰なの……？」

「ええ、流れ者の用心棒らしいです。先日、恵美ちゃんが自転車を壊されて、その相手の事務所へ僕が交渉に行ったときにいた人です」

「ああ、確かにそんな話を聞いたわ……」

澄香も、壊れた自転車を粗大ゴミに出したことを聞き知っていたようだ。

「でも、どうして竜司君に、あんなに丁寧な物腰で」

「ああいう人は、堅気《かたぎ》の人にはバカ丁寧になるのでしょう。それより、差し出がましいことを言って済みませんでした」

「いいえ……、助かったわ。もしこれで、本当に縁が切れるのなら……」

澄香が言い、茶を持って彼をソファに招いた。

やはり奥にはベッドが据えられ、室内にも甘ったるい若妻の体臭が濃厚に籠もっていた。

「多分、あの坂田って人は律儀そうだから、約束を守って弁護士を寄越すと思いますよ。もっとも、ヨリを戻したいという気持ちが少しでもあるのなら、僕は大変なお節介をしてしまったけれど」

「そんな気持ちはないわ。赤ちゃんまで足蹴にするような男ですからね、今は私の実家に預かってもらっているけれど」

「そう、それなら良かった。未練がないのなら、正式に離婚して慰謝料をもらうといいです。額は交渉次第でしょうけど、まず旦那は出てこられないでしょう」

竜司は言い、出された茶をすすった。

澄香も、遠慮がちに少し離れて隣に座り、こちらに身体を向けていた。

「それにしても、竜司君すごいわ。まだ高校を出たばかりでしょう。それなのに、大人と堂々と渡り合うなんて……」

「いえ、大したことないです」

竜司は答えながら、もう我慢できないほど勃起してしまった。

澄香も、長年の懸案が解消しそうな成り行きに、ほっと肩の力を抜いているようだった。

「ね、もう嫉妬するような旦那も来ないのだし、どうせ疑われたのだから、どうか教えて下さい」

竜司は言い、澄香の方ににじり寄った。

「え……、ちょ、ちょっと待って……」

「僕、どうしても澄香さんに教えてもらいたいんです」

胸に顔を埋めてしがみつくと、さらに甘ったるい匂いが濃厚に感じられた。階段をすれ違うだけで感じた、すっかり馴染んだ澄香の匂いである。

「そう……、まだ、何も知らないのね……」

澄香も、勝手に彼を無垢だと解釈してくれ、そっと顔を胸に抱いてくれた。

DV亭主は御免だろうが、セックスには相当飢えているはずである。

竜司はブラウスの上からそっと膨らみを揉み、顔を上げて唇を求めていった。

顔が近づくと、澄香も一瞬ためらったが、あとは竜司のオーラに巻き込まれたように、自分からそっと唇を重ねてきてくれた。

彼は柔らかな感触と、ほんのり甘酸っぱい息の匂いに胸を高鳴らせた。

そろそろと舌を差し入れ、乳首を探るように膨らみに指を這わせると、

「ンンッ……！」

澄香が熱く呻き、反射的にチュッと強く彼の舌に吸い付いてきた。

竜司もネットリと舌をからめ、若妻の生温かな唾液をすすり、滑らかな舌触りを味わいながら興奮を高めていった。

やがて充分に美女の唾液と吐息を吸収すると、竜司はそっと唇を離した。

「ね、お願い、ベッドで……」

言いながら立ち上がり、澄香の手を引くと、彼女も立ち上がって奥へ来てくれた。

竜司は手早く服を脱ぎ去り、たちまち全裸になって先にベッドに潜り込んだ。

枕にもシーツにも、やはり若妻の生ぬるい濃厚なフェロモンが甘ったるく沁み付いていた。

澄香も覚悟を決めて脱ぎ去り、やがて最後の一枚をモジモジと脱いでから彼に添い寝してきた。

竜司は腕枕してもらい、再び乳房に顔を寄せた。

乳輪はやや大きめで、乳首も濃く色づいていた。そして何と、乳首の先端にポツンと乳白色の雫が浮かび、膨れ上がっていたのである。

(ぼ、母乳……！)

竜司は感激した。

以前から感じていた澄香の濃い体臭は、大部分がこの母乳の匂いだったのだ。

彼は嬉々として乳首に吸い付き、舌で転がしながら生ぬるい母乳を吸った。

2

「ああ……、い、嫌だったら吐き出してね……」

竜司が執拗に母乳を吸っては飲み込むので、澄香が喘ぎながら言った。

彼も、次第に吸う要領が分かり、硬くなった乳首の芯を唇に挟んで強く吸うと、うっすらと甘い乳汁が舌を濡らしてくるのだった。

飲み込むと、唾液やオシッコを取り入れるのとはまた異なった感激が得られた。

やはり澄香の子供と乳兄弟になったというか、彼女の子供になったような、甘ったるい気持ちに満たされた。

しかも赤ん坊が飲むものだから、いくら吸っても変態とは思われない。これでオシッコを飲ませてくれと言ったら、澄香も相当動揺することだろう。

あらかた出尽くすと、彼はもう片方の乳首にも吸い付き、柔らかな膨らみに顔中を埋め込んで、滲む母乳を飲んだ。澄香も喘ぎながら、自ら張った乳房を揉み、出が良くなるようにしてくれた。

「アア……、嬉しいわ、もっと飲んで。美味しい……？」

普段は大人しく控えめな澄香が、次第にクネクネと激しく身悶えて喘ぎ、声を震わせて大胆な言葉を口走りはじめた。

竜司は左右の乳首を交互に吸い、もう母乳が出なくなると、腋の下にも顔を埋め込んでいった。

そこは、奈津子のように腋毛が煙り、実に艶めかしかった。奈津子ほど密集していないが、やはり誰とも会わないから手入れもしていないのだろう。その淡いナチュラル感が色っぽかった。

鼻を押しつけると、母乳の匂いとは微妙に違う甘ったるい汗の匂いが籠もり、それも心地よく彼の鼻腔を刺激してきた。

竜司は充分に腋の匂いを嗅いでから、仰向けになった。

「ね、お願いがあるんですけど……」

「なあに……」

彼が言うと、澄香は乳首への刺激にすっかり息を弾ませながら答えた。

「立ち上がって」

「いいわ、こう……?」

言うと、澄香は全裸を羞《は》じらいながらも、モジモジとベッドの上に立ち上がってくれた。

「足の裏を、僕の顔に載せて」

「え……？　そ、そんなこと出来るわけないでしょう。私の恩人だし、将来のある若い男の子に……」

「綺麗な澄香さんに、そうされたいから、どうかお願い」

言いながら足首を掴んで顔に引き寄せると、

「あん……」

澄香は声を洩らし、よろけそうになりながら壁に手を突いた。竜司が足裏を顔に載せてしまうと、鼻と口に生温かな感触が伝わってきた。

「あん……、い、いけないわ、こんなこと、バチが当たってしまう……」

澄香は、さっきまでの喘ぎとは違い、畏《おそ》れ多さに声を震わせて、立っていられないほど膝をガクガクさせた。

竜司は構わず足首を掴んだまま、澄香の踵から土踏まずを舐め、縮こまった指の間にも鼻を割り込ませて嗅いだ。今日も一日パン屋で働き、そのあと買い物をし、さらに一雄に会って緊張したから、指の股は汗と脂に湿り、生ぬるくムレムレの匂いを籠もらせていた。

彼は鼻を押しつけて充分に嗅いでから爪先にしゃぶり付き、順々に指の間に舌を割り込ませて味わった。

「ヒッ……、駄目……！」

澄香は驚き、彼の口の中で唾液に濡れた爪先を縮めた。

当然ながら、DV男の一雄程度のものは、女性の足の指など舐めない愚か者であろう。いわば澄香も、セックスの体験は長くても、念入りな愛撫をされるのは大部分が初体験のようなものに違いなかった。

しゃぶり尽くすと、竜司は足を交代させ、そちらも味と匂いが薄れるまで貪り、やがて顔を跨がらせ、手を引っ張った。

「しゃがんで」

「駄目よ……、こんな、トイレみたいな格好……恥ずかしいわ」

澄香は尻込みして言いながらも、竜司に引っ張られて腰を落としてきた。

そして、とうとうしゃがみ込んでしまい、割れ目を彼の鼻先に迫らせた。

竜司は、ムッチリと張りつめた内腿の真ん中で息づく果肉を見上げ、顔に吹き付ける熱気と湿り気に激しく興奮した。

もう一雄と別居して長かったのか、澄香の肌にDVの痕《あと》などはなく、全て消え失せたようだ。

恥毛は薄い方で、割れ目からはみ出す陰唇も初々しい色合いだった。

しかし間から溢れる蜜の量は半端ではなく、今にも滴りそうに濡れ、溜まりに溜まった欲求が窺えた。

竜司は下から案外に豊満な腰を抱き寄せ、茂みに鼻を埋め込んでいった。

恥毛の隅々には、やはり汗と残尿臭が濃厚に籠もり、彼の鼻腔を悩ましく掻き回してきた。

竜司は何度も鼻を鳴らして嗅ぎ、舌を這わせては淡い酸味の雫をすすった。

「アアッ……！」

澄香が熱く喘いだ。

しかもしゃがみ込んだまま、両手でベッドのヘッドレストに摑まっているので、何やらオマルにでも跨がっているように可愛かった。

彼は息づく膣口をクチュクチュと掻き回すように舐め、意外に大きめのクリトリスまで舐め上げていった。

「あう……、き、気持ちいい……」

澄香も次第に、しゃがみ込んでいる格好の羞恥よりも、愛撫の刺激に反応しはじめた。舐めるたびに新たな蜜が湧き出し、舌の動きを滑らかにさせた。

さらに竜司は、白く丸い尻の真下に潜り込んでいった。

顔中をムッチリとした双丘に下から密着させ、谷間の蕾に鼻を埋め込むと、秘めやかな微香が感じられた。

舌先でチロチロとくすぐるように舐めると、

「あッ……、駄目、そんなところ……」

また澄香が驚いたように言うので、あの馬鹿亭主はこんな大切なところも舐めていなかったのだなと竜司は思った。

彼は収縮する襞を舐め回し、舌先をヌルッと潜り込ませ、滑らかな粘膜も充分に味わった。

「アア……、い、いけないわ、汚いから……」

澄香は次第に朦朧となり、彼の舌をモグモグと肛門で締め付けた。

やがて竜司は充分に美女の肛門内部を舐めてから、舌を引き離して再び割れ目に戻り、新たな潤いをすすり、クリトリスに吸い付いていった。

「も、もう駄目……」

澄香もしゃがみ込んでいられず、彼の顔の両側に膝を突いた。

そして、なおも彼がクリトリスを舐めていると、澄香はビクッと股間を引き離し、自分から彼のペニスに顔を寄せてきた。

やはり、いかに大人しげでもセックスの快楽を知っているのだから、ここで舐められて果てるのを惜しみ、早く一つになりたかったのだろう。

竜司も素直に仰向けのまま、今度は彼女の愛撫に身を委《ゆだ》ねた。

澄香は熱い息を彼の股間に籠もらせ、貪るように亀頭を含み、チュッチュッとお行儀悪く音を立てて吸い付いてきた。

「ああ……」

竜司が喘ぎ、口の中で唾液に濡れた幹をヒクヒク震わせると、澄香は嬉しいように吸引と舌の蠢きを激しくさせた。

柔らかな舌先が滑らかに亀頭を愛撫し、熱い息が恥毛に籠もった。

さらに喉の奥まで呑み込み、舌鼓《したつづみ》を打つように舌の表面全体と口蓋で挟み付けて強く吸った。

竜司自身はたちまち高まり、急激に絶頂を迫らせていった。

「来て……」

彼は言い、澄香の手を握って引っ張った。澄香も口を離し、身を起こしてきた。

「いいんですか、私が上で……」

「ええ、入れて」

言うと、澄香は遠慮がちに彼の股間に跨がり、唾液に濡れて屹立した先端を、濡れた割れ目にあてがっていった。

位置を定めると、澄香は顔を上向けてゆっくりと腰を沈み込ませてきた。

張りつめた亀頭が潜り込むと、あとはヌルヌルッと滑らかな摩擦とともに根元まで呑み込まれていった。

「あ……、アア……、何て、気持ちいい……」

澄香は完全に股間を密着させ、ぺたりと座り込んで喘いだ。

竜司も熱いほどの温もりに包まれ、キュッと締め付けられながら快感を味わった。子を産んだばかりでも、その締まりは充分だった。

彼が抱き寄せると、澄香も身を重ねてきた。

竜司は僅かに両膝を立て、少しずつ股間を突き上げはじめた。

「ああ……、す、すぐいきそう……」

澄香が熱く喘ぎながら締め付け、自分も腰を遣ってきた。次第に二人のリズムが一致してゆき、淫らに湿った摩擦音が聞こえてきた。

3

「ね、ミルクを顔にかけて……」

竜司が言うと、澄香も興奮に任せて濃く色づいた乳首をつまみ、彼の顔に向けて絞り出した。乳腺から霧状になった無数の母乳が顔中に降りかかり、彼は甘ったるい匂いに包まれた。

霧状の分と、指で摘んだ部分からポタポタ滴る分にわかれ、彼はそれぞれを舌に受け止めて味わった。

「唾も飲ませて」

「汚いわ。それに、出ないわ……」

せがむと澄香は答え、それでも懸命に分泌させ、口をすぼめて出してくれた。

やはり喘ぎすぎて口の中が乾き、唾液はほんの少量しか出ず、なかなか滴ってこなかった。

すると澄香は自分から唇を押しつけ、竜司の口に唾液を塗りつけてくれた。さらに舌を伸ばし、彼の顔中を濡らした母乳をヌラヌラと舐めてくれたのだ。

「ああ、気持ちいい……、いきそう……」

「私もよ。好きなときにいって……」

竜司が高まって口走ると、澄香も声を弾ませて言った。優しい彼女は、常に相手が優先らしい。

「ね、顔に唾をペッてかけて」

「そ、そんなこと出来ないわ……」

「舐めてくれたのだから、同じことでしょう。強く吐きかけられたい」

言うと、澄香も日頃したことのない行為に興奮したか、強くペッと吐きかけてくれた。甘酸っぱい息とともに、生温かな唾液の固まりが鼻筋を濡らし、心地よく頬の丸みを伝い流れた。

　しかし、それもすぐに澄香の舌に舐め取られてしまった。

「下の歯を、僕の鼻の下に引っかけて」

「こう……？」

「もっと大きく口を開いて」

　せがむと、澄香は完全に下の歯を鼻の下に当て、大きく開いた口に竜司の鼻を含んでくれた。

「ああ、お口の中、いい匂い……」

「う、嘘よ……、駄目、恥ずかしいわ……」

　竜司の言葉に恥じらうと、かえって澄香は強く彼の鼻に熱い息を吐きかけてしまった。甘酸っぱい果実臭だが、乾き気味のため恵美よりもっと濃厚で、鼻腔に引っかかる大人の刺激が含まれていた。

　その間も股間の突き上げは続き、大量の愛液が彼の陰嚢から内腿までヌルヌルにしていた。

「い、いく……、アアッ……！」

　とうとう竜司は昇り詰め、大きな絶頂の快感に全身を貫かれて喘いだ。

　同時に、ありったけの熱いザーメンが勢いよく内部にほとばしると、

「あ、熱いわ、いい気持ち、いく……、ああーッ……！」

澄香も噴出を受けて、オルガスムスのスイッチが入ったようだった。

彼女は激しく声を上ずらせ、彼の上でガクンガクンと狂おしく身悶え、膣内を収縮させた。

よほど久しぶりだったのか、大人しい顔に似合わず、その絶頂は佐和子より貪欲で激しいものだった。

竜司も締まる柔肉の中で、心置きなく最後の一滴まで出し尽くした。

そして、すっかり満足して徐々に動きを弱め、力を抜いていくと、

「ああ……、こんなに良かったの、初めて……」

澄香も満足げに吐息混じりに口走り、グッタリと彼にもたれかかってきた。

竜司は収縮する膣内でヒクヒクと幹を震わせ、美女の甘酸っぱい口の匂いを胸いっぱいに嗅ぎながら、うっとりと快感の余韻を噛み締めたのだった……。


――バスルームに一緒に入って身体を流すと、また竜司はオシッコが欲しくなってきてしまった。

澄香は、母乳や唾液をくれたが、やはり最も恥ずかしいものを出させ、さらに絆《きずな》を深めたい気持ちになったのである。

彼は床に仰向けになり、澄香の手を引いて顔に跨がらせた。

「ね、しゃがみ込んで」

竜司は言いながら、再び勃起した。やはり奈津子とは違う格好で、つまり立ったままではなく和式トイレスタイルでさせたかったのだ。

「何するの……、もう私は、舐めてくれなくても充分よ……」

澄香は、奈津子のように一度の挿入で精根尽き果ててしまったようだ。それでも言われるまましゃがみ込んでくれ、濃い体臭の消えてしまった割れ目を彼の鼻先に迫らせてきた。

「オシッコしてみて」

「え……？　どうして、顔にかかるわ……」

「どうしても飲んでみたい。ほんの少しでいいから」

「駄目よ、そんなの汚いから……」

澄香は腰をくねらせモジモジしたが、竜司が下から抱えて離さなかった。

そして真下から割れ目に舌を這わせ、柔肉に吸い付くと、次第に彼女の呼吸が熱く弾んできた。

「アア……、駄目よ、そんなに吸ったら、出ちゃうから……」

澄香が、声を上ずらせて言った。

すっかり竜司のペースに巻き込まれ、出すまでもう一歩となってきたようだ。

そして吸い付くうち、とうとう澄香の尿意が高まったようだ。

「あん、出ちゃうわ。本当にいいの？　少しじゃないわ、溺れないで……」

澄香は朦朧となりながら言い、下腹をヒクヒク波打たせた。

やがて迫り出すように柔肉を盛り上げ、とうとうチョロチョロと放尿を開始してしまった。

「ああッ……、やっぱり駄目……」

漏らしてしまってから、澄香は大変なことをしてしまったというように、あるいは思わずオネショをして心地よい夢から覚めたような感じで声を洩らした。

もちろん竜司は腰を抱え込み、その温かな流れを口に受け止めていた。

彼女の心根とは裏腹に、勢いは次第に増していき、竜司は飲み込むのが追いつかずに口から溢れさせた。

それでも鬼の力によるものか、噎せたり苦しくなるようなことにもならず、充分に味と匂いを嚙み締めることが出来た。淡かった奈津子と違い、塩気や苦みも入り交じり、実に複雑で刺激的な味わいだった。

もちろん美女から出たものを取り入れる悦びが、竜司の全身を満たしていた。

「アア……、駄目よ、飲んだら……」

澄香はフラフラと頼りない声で言い、とうとう全て出し切ってしまった。

流れが治まると、彼女の下腹がプルンと震え、あとは点々と黄金色の雫が滴るばかりとなった。

しかし、次第に溢れる愛液が混じり、その雫も次第にツツーッと糸を引いて粘つくようになっていった。

竜司が舐め回し、ヌメリをすすると、

「あう……、またいきそう……、アアーッ……！」

澄香はガクガクと肌を波打たせ、声を震わせて悶えはじめた。

よほど感じやすく、濡れやすいたちなのだろう。これほど素晴らしい肉体を、ただ苛《いじ》めるだけという一雄は、やはり希代の馬鹿と言うべきだった。

そして竜司が舐め回していると、すぐにも澄香は昇り詰め、大胆に割れ目全体を彼の顔中にグリグリと擦りつけてきた。

「気持ちいいッ……、もっと舐めて……！」

大人しい彼女が乱れに乱れ、バスルーム内に熱い喘ぎを響かせた。やがてとうとう力尽き、彼の顔の上に突っ伏して四肢を縮めてしまった。

竜司は溢れる蜜をすすり、やがて彼女の痙攣が治まって無反応になると、そろそろと股間から這い出して身を起こしていった。

もう彼女も精根尽き果てているだろうから、このうえ挿入するのは酷な気がした。

どうせ竜司は誰とでも何度でも出来るから、今日のところはこれで終わりにすることにした。

シャワーを浴びて身体を流し、口をすすぐうち、次第に澄香もノロノロと我に返って起き上がってきた。

「本当は、初めてじゃなかったんでしょう……。上手すぎるわ、何もかも……」

澄香が言い、自分も身体を洗い流した。

やがて竜司は、力の抜けている澄香を支えて立たせ、一緒にバスルームを出た。

そして甲斐甲斐しく彼女の全身を拭いてやり、二人で部屋に戻った。

「じゃ、僕これで帰ります」

「お願い、また来て欲しいの……」

竜司が身繕いして言うと、澄香が縋るような眼差しで言った。

「ええ、もちろん。またすぐに来ますからね」

彼は笑顔で答え、やがて澄香の部屋を辞したのだった。

4

（やっぱり、どの問題も簡単に解けてしまう……）

翌日、竜司は受験参考書を開き、一通りの科目を確認してみた。

すると、どれもが正解で、というより答え合わせをしなくても合っていることが分かるのだった。

しかも英語などは受験問題だけでなく全て理解できるし、試しにネットで確認してみたが、どこの国の言葉も分かってしまうのである。

どうやら鬼一族というのは、全ての遺伝子が繋がっているように、一族全員の記憶や経験が共有できるようなのだった。

これで来年の受験は問題なくなったが、何でも出来てしまうのに、このうえ大学へ行くことに意味があるのだろうかとさえ思ってしまった。

しかし人並み外れたパワーと頭脳があろうと、肉体はごく普通のままなので、食事や睡眠は普通に取らなければならない。

と、そのときチャイムが鳴ったので、竜司は玄関に立った。

「パン持ってきてあげたわ」

「わあ、済みません。よろしかったらどうぞ中へ」

パン屋を閉店にした佐和子が、余り物を持ってきてくれた。もちろん彼女が、竜司に淫気を抱いて来たであろうことは、すぐに分かった。

有難くパンをもらってキッチンに置くと、竜司はすぐにも佐和子をベッドの方に誘った。

「お勉強していたんじゃないの？」

「してましたけど、そろそろ休憩の時間です」

言い、彼は佐和子に身を寄せながら、一緒にベッドに座った。

「ね、脱いで、全部」

竜司が甘えるように言い、自分も脱ぎはじめてしまった。

「困った子ね。パンを持ってきただけなのに」

佐和子は言いながらも、すぐに脱いでくれた。ブラウスを脱ぎ去ると、甘ったるい汗の匂いがふんわりと揺らめいた。

「先にシャワー借りてもいい？　お店閉めてすぐ来たものだから」

「駄目、佐和子さんのナマの匂いが好きだから」

竜司は言い、先に全裸になって横たわって待った。

「すごく汗かいてるのよ……」

「うん、そのほうがいい」

言うと、ようやく彼女も最後の一枚を脱ぎ去り、そっと添い寝してきてくれた。

竜司は例によって腕枕してもらい、真っ先に佐和子の腋の下に顔を埋め込んだ。

奈津子、澄香と腋毛のある美女が続いたから、何やらスベスベの腋が新鮮に感じられた。

汗にジットリ湿った腋に鼻を擦りつけて嗅ぐと、甘ったるい体臭が生ぬるく鼻腔を満たしてきた。

「いい匂い」

「あん、恥ずかしいわ……」

思わず言うと、佐和子が羞恥に身悶え、さらに濃い匂いを漂わせた。

竜司は美女の汗の匂いで胸を酔わせながら、豊かな膨らみに手を這わせ、やがて移動して色づいた乳首にチュッと吸い付いていった。

「ああッ……！」

佐和子は、すぐにも火がついたように熱く喘ぎはじめた。

竜司は顔中を柔らかなオッパイに押しつけ、感触を味わいながら舌で転がし、もう片方の乳首にも吸い付いた。

左右の乳首を充分に味わうと、彼は汗ばんだ熟れ肌を舐め下り、お臍を舐め、腰から太腿に降り、脚を這い下りていった。

足首を摑んで持ち上げ、足裏に顔を押しつけて舌を這わせ、もちろん指の股にも鼻を割り込ませて嗅いだ。今日も指の間は汗と脂にジットリ湿り、ムレムレになった芳香が濃く籠もっていた。

爪先にもしゃぶり付き、全ての指の間を舐めてから、もう片方の足も賞味した。

「アア……、どうして、そんなところを……」

佐和子は喘ぎながらも拒まず、やがて貪り尽くした竜司は彼女の脚の内側を舐め上げ、腹這いになって股間に顔を進めていった。

ムッチリした白い内腿を舐め上げ、中心部に目を凝らすと、はみ出した陰唇はすでにヌメヌメと大量の愛液に潤っていた。

竜司は黒々と艶のある茂みに鼻を埋め込み、隅々に籠もる汗と残尿臭を貪り、舌を這わせていった。ヌメリは淡い酸味を含み、息づく膣口からクリトリスまで舐め上げると、彼女の内腿がキュッと顔を締め付けてきた。

「あうう……、気持ちいい……」

佐和子が顔をのけぞらせて喘ぎ、新たな蜜を湧き出させた。

竜司も執拗にクリトリスを舐め、美女の味と匂いを吸収した。何と言っても自分にとって最初の女性だから、思い入れも強かった。

さらに彼女の脚を浮かせ、白く丸いお尻にも顔を押しつけていった。

谷間の奥に閉じられた薄桃色の蕾に鼻を埋め、秘めやかな微香を嗅いでから舌先でチロチロと襞を舐めた。

「あぁッ……！」

ヌルッと舌先を潜り込ませると、佐和子が声を上げ、モグモグと肛門で彼の舌を締め付けてきた。

竜司は、充分に美女の前も後ろも味わってからようやく顔を上げた。

「私にも、ちょうだい……」

佐和子が言って手を伸ばし、彼を胸の上に引っ張り上げた。

竜司が彼女の胸に跨がると、佐和子は両側から手を当て、オッパイの谷間にペニスを挟み付けて揉んだ。そして顔を起こし、舌を伸ばして先端をチロチロと舐め回してくれた。

「ああ、いい気持ち……」

竜司は、柔らかく温かな膨らみに挟まれ、滑らかな舌の動きに喘いだ。

さらに快感を求めて股間を進めると、佐和子もパクッと亀頭を含み、モグモグと喉の奥まで呑み込み、内部で舌をからめてきた。

熱い鼻息が恥毛をくすぐり、たちまちペニスは美女の唾液に生温かくまみれた。

やがて竜司が充分に高まると、それを察したように彼女もスポンと口を引き離してきた。

「来て……」

佐和子が短く言い、受け入れ体勢を取った。

竜司も移動し、再び彼女の股間に身を割り込ませると、そのまま唾液に濡れた先端を割れ目に押し当て、ゆっくりと膣口に挿入していった。

「アアッ……！」

佐和子がビクッと顔をのけぞらせて喘ぎ、深々と受け入れていった。

竜司も、ヌルヌルッとした心地よい肉襞の摩擦を味わいながら根元まで押し込み、股間を密着させた。温もりと感触を堪能しながら両脚を伸ばし、身を重ねていくと彼女も抱き留めてくれた。

胸の下で巨乳が押しつぶれて弾み、まだ動かなくても息づくような収縮がペニスを包み込んでいた。

彼は佐和子の肩に腕を回し、上からピッタリと唇を重ねていった。柔らかな感触と唾液の湿り気を味わい、舌を差し入れて滑らかな歯並びを舐めると、彼女もチュッと吸い付いてきた。

「ンン……」

佐和子が熱く鼻をならし、徐々に股間を突き上げてきた。彼女の息は今日も熱く湿り気があり、花粉のような甘い刺激を悩ましく含んでいた。

竜司は執拗に舌をからめ、美女の生温かな唾液と吐息を貪りながら腰を突き動かしはじめた。

「ああッ……！　いいわ……」

佐和子が、苦しげに口を離して喘ぎ、突き上げを強めてきた。

竜司も勢いを付けて律動させると、大量に溢れる愛液が揺れてぶつかる陰嚢まで濡らし、クチュクチュと湿った摩擦音を響かせはじめた。

「い、いっちゃう……」

たちまち彼女は昇り詰め、彼を乗せたままガクガクと腰を跳ね上げた。

「き、気持ちいいッ……、アアーッ……！」

佐和子が声を上ずらせて喘ぎ、オルガスムスに達しながら膣内を収縮させた。

続いて竜司も絶頂に達し、大きな快感に全身を貫かれながら、熱い大量のザーメンをドクンドクンと勢いよく内部にほとばしらせた。

「あう……、もっと出して……」

噴出を感じると、佐和子は駄目押しの快感を得たように呻き、飲み込むようにキュッキュッと膣内を締め付けてきた。

やがて竜司は最後の一滴まで出し切り、満足しながら徐々に動きを弱めていった。

佐和子も熟れ肌の強ばりを解きながら、グッタリと力を抜いて身を投げ出した。

彼は息づく熟れ肌に身を重ねたまま、美女の甘い息を間近に嗅いで、うっとりと快感の余韻に浸り込んでいった。

「すごいわ……、初めての時と全然違う……。あれから何人も女を知ったの……？」

佐和子が、名残惜しげに膣内を収縮させ、息を弾ませて言った。

「いいえ、佐和子さんと二度目だけです」

竜司は言いながら、すでにピーチベーカリーの恵美と澄香を抱いてしまったなどと言ったら、彼女はどんな顔をするだろうかと思った。

「そう……、僅かの間に、すごく逞しくなっているし、堂々として上手になっているわ……」

彼女は言い、いつまでも下からしがみついて彼を離さなかった。

5

「今度うちの大学で学園祭があるのよ。来てくれる？」

恵美が後片付けをしながら竜司に言った。今日は彼女のアパートに夕食を呼ばれに来ていたのだ。

「うん、行くよ。女子大なのに大丈夫？」

「ええ、入れるわ。でも受験勉強の妨《さまた》げになるかしら」

「少しぐらい休んでも平気だよ。来年は自信があるから」

竜司は言い、彼女の学習机に向かってみた。ちょうど、開かれている問題集があったのだ。

英文だが、彼は難なく解くことが出来た。

「ここ、間違っている」

竜司は言い、シャーペンを取って直してやった。彼女も洗い物を終え、後ろに来て覗き込んできた。

「本当だわ……、そんなに易《やさ》しい問題じゃないのに……」

恵美が嘆息して言うと、肩越しに生温かな息が甘酸っぱく鼻腔を刺激してきた。

「これ全部読めるの？」

恵美が言うので、竜司は例文を読み上げ、訳も言った。

「すごいわ。よっぽどレベルの高い大学を目指していたのね」

彼女が感心して言うと、もう竜司も我慢できず、振り返って彼女の胸に頬を押し当ててしまった。

「あん……、待って、先にシャワーを……」

恵美は言って身じろいだが、もちろんその気で彼を招いたのだろう。

竜司は構わず立ち上がって彼女を横抱きにし、ベッドへと運んでしまった。

横たえると、もう恵美も身を投げ出し、全てを彼に任せる体勢になった。

彼は足の方から近づき、ソックスを脱がせ、素足にしゃぶり付いてしまった。

「アアッ……！」

恵美がビクッと脚を震わせ、可愛い声で喘いだ。

竜司は足裏を舐め回し、蒸れた芳香の籠もる指の間にも鼻を割り込ませて嗅いだ。

そして両足ともソックスを脱がせて爪先にしゃぶり付き、桜色の爪を嚙み、全ての指の股を念入りに味わった。

彼女はヒクヒクと敏感に反応し、羞恥と快感に身を震わせた。

そしてスベスベの脚を舐め上げ、彼は腹這いになってスカートの奥へと顔を潜り込ませていった。

全裸と違うので、また新鮮な感覚だった。

生温かな熱気の籠もる暗がりは実に心地よく、ムッチリした内腿を舐め、下着の中心部に鼻を埋め込むと、柔らかな丘の感触とともに、繊維に沁み付いた匂いが鼻腔を刺激してきた。

甘ったるく、ほんのり甘酸っぱいのは汗の匂いで、それに残尿臭と、チーズに似た恥垢《ちこう》の匂いも入り交じって感じられた。

「ああ……、恥ずかしい……」

纖維を通して彼の息を感じ、恵美がか細く喘いだ。

やがて竜司は顔を離し、下着に指をかけて引き脱がせていった。お尻の丸みを通過すると、あとはスムーズに足首まで下ろしスッポリ抜き取ることが出来た。

彼女が羞恥に顔を覆っているので、その隙に竜司は脱がせたての下着の内側に鼻を埋め込んでしまった。

シミはほんの僅かレモン水を垂らした程度だが、纖維には思春期フェロモンが濃厚に沁み付き、竜司の鼻腔を心地よく刺激してきた。

やはり生身とはまた異なる趣《おもむき》だが、抜けた恥毛もなく、肛門の当たる部分の汚れも見当たらない清潔なものだった。

下着を置くと、竜司は生身の股間に顔を寄せていった。

楚々とした柔らかな若草に鼻を埋め込むと、また新鮮な汗とオシッコの匂いが鼻腔に満ちてきた。舌を這わせ、艶やかな陰唇を舐めて奥へ差し入れると、淡い酸味のヌメリが迎えた。

処女を失ったばかりの膣口を舐め回し、細かな襞の舌触りを味わってから小粒のク

リトリスまで舐め上げると、

「アアッ……！」

恵美が激しく喘ぎ、キュッときつく彼の顔を内腿で締め付けてきた。

竜司はチロチロと弾くように舐め、新たに溢れてくる蜜をすすった。さらに脚を浮かせ、可愛いお尻にも顔を押しつけていった。

谷間の蕾に鼻を埋め込むと、汗の匂いに混じり、秘めやかな微香も心地よく感じられた。

舌先で蕾を舐め回し、ヌルッと潜り込ませ、滑らかな粘膜まで味わった。

恵美が声を震わせて言い、モグモグと彼の舌を肛門で締め付けてきた。

「あう……、駄目、汚いわ……」

やはり一様に、女性たちは蕾を舐められるのが苦手で、そのくせ大量に濡れてくるのだった。

やがて美少女の前と後ろを心ゆくまで舐めると、彼女がグッタリとなり、その間に竜司も手早く服を脱いで全裸になってしまった。

そして恵美のスカートとブラウスも脱がせ、ブラを外して一糸まとわぬ姿にさせ、あらためてのしかかり、桜色の乳首に吸い付いていった。

舌で転がし、柔らかな膨らみに顔中を押しつけると、また股間とは違う甘ったるい汗の匂いが馥郁と漂ってきた。

両の乳首を交互に含んで舐め回し、腋の下にも鼻を埋め込むと、可愛らしい汗の匂いが甘ったるく鼻腔を刺激してきた。

そして添い寝し、彼は仰向けになって、恵美を上にさせていった。

顔を引き寄せて胸に押しつけさせると、彼女も熱い息で肌をくすぐりながら竜司の乳首を舐めてくれた。

「嚙んで、強く……」

快感を高めながら言うと、恵美も綺麗な歯でキュッと乳首を挟んでくれた。

「ああ……、もっと……」

竜司は、美少女に食べられているような快感に喘ぎ、甘美な刺激にヒクヒクとペニスを震わせた。

彼女も両の乳首を愛撫してくれ、さらに竜司は恵美の顔を股間へと押しやっていった。恵美も厭《いと》わず、先端にしゃぶり付き、熱い息で恥毛をくすぐってきた。

さらに股間を突き上げると、彼女がモグモグと喉の奥まで呑み込んでくれ、内部でクチュクチュと舌を蠢かせ、頬をすぼめて吸ってくれた。

たちまち彼自身は美少女の清らかな唾液に温かくまみれ、愛撫を受け絶頂を迫らせて脈打った。

「上から入れて……」

やがて竜司は漏らしてしまう前に言って彼女の口を離させ、手を引いて股間に跨がらせていった。

先日まで処女だった恵美は挿入が少し怖いようだったが、するほどに良くなることも知っているのだろう。素直に股間を寄せ、自らの唾液に濡れた先端を膣口にあてがい、腰を沈み込ませてきた。

張りつめた亀頭がヌルッと潜り込むと、

「アアッ……！」

恵美は眉をひそめて顔を上向け、喘ぎながらも健気《けなげ》に座り込んできた。

屹立したペニスはヌルヌルッと滑らかな摩擦を受けながら、完全に根元まで呑み込まれ、彼女も股間を密着させてきた。

竜司は熱いほどの温もりときつい締め付けに包まれ、両手を伸ばして彼女を抱き寄せた。

「唾を垂らして……」

言うと、恵美も素直に愛らしい唇をすぼめ、白っぽく小泡の多い唾液をクチュッと垂らしてくれた。舌に受け、竜司は清らかで生温かな粘液を味わい、心地よく喉を潤した。

そのまま抱き寄せて唇を重ね、甘酸っぱい息を嗅ぎながらズンズンと股間を突き上げはじめた。

「ンンッ……！」

恵美は突かれるたび、彼の舌に吸い付きながら呻き、熱い息を弾ませた。

竜司は急激に高まり、もう彼女への気遣いも忘れたように律動し、摩擦快感に高まっていった。

そして恵美も、初回より痛みもないようで、彼に合わせて腰を遣いはじめたのだ。

これも竜司に宿る鬼のパワーに影響され、大きな快感を得ようとしているのかも知れない。

竜司は彼女の舌を舐め回し、美少女の唾液と吐息を吸収しながら、あっという間に昇り詰めてしまった。

「く……！」

突き上がる絶頂の快感に呻き、彼はありったけの熱いザーメンをドクドクと勢いよく柔肉の奥にほとばしらせた。

「ああッ……！」

すると恵美は口を離し、唾液の糸を引きながら熱く喘ぎ、キュッキュッと膣内を収縮させて肌を震わせはじめたのだ。

竜司は、彼女も感じてくれたのが嬉しく、心ゆくまで出し尽くし、やがて満足しながら動きを弱めていった。

「ああ……、何これ、身体が浮かぶみたいに……」

恵美も硬直を解きながら、初めての絶頂に戦《おのの》き、息を震わせて体重を預けてきた。

竜司は彼女の重みと温もりを感じ、果実臭の息を嗅ぎながら、うっとりと快感の余韻を味わった。

そしてこの次の恵美は、もっと大きな快感を得るだろうと思った。

第四章　女子大生の渦の中

1

「わあ、賑やかだな……」

恵美に連れられ、女子大の学園祭に入り込んだ竜司は、周囲を見回して思った。

当然ながら、あちこちに女子大生がいて、風にも彼女たちの甘い匂いが含まれているような気がした。

出店があり、コスプレをした女子大生もいて、もちろん父兄や来賓《らいひん》、他の大学の男子たちも来ていた。

竜司は恵美の案内で建物にも入り、絵や工作の展示物を見て回り、再び外に出た。

出た先には武道場があり、体育会系の中でも和風の雰囲気があった。

弓道場があり、五百円で三本の矢を射るコーナーがあった。商品も、女の子の喜びそうなぬいぐるみやアクセサリーが揃っている。

「竜司君、やってみたら？」

「うん、じゃ一等を恵美ちゃんにあげるよ」

竜司は言われ、五百円払って弓を手渡された。初心者用の、最も軽いものだ。

彼は弓を引き絞り、さして狙ったとも思えないうちに離した。

すると、一直線に飛んだ矢は定規で計ったように的の中心を射たのである。

「わあ、すごいわ。ど真ん中よ」

弓道部の女子大生が目を丸くして言った。

そして竜司は、残り二本の矢も、無造作に引いては放ち、三本とも中心に当てたのだった。

「一等だわ」

弓の難しさも知らない恵美は、無邪気にはしゃいでいたが、弓道部の連中は声もなかった。

「どこかで習っていますか？」

「いえ、まぐれです」

彼は苦笑して答え、一等の最も大きなぬいぐるみをもらい恵美に渡した。

呆然《ぼうぜん》と見送る彼女たちをあとに、二人は次の場所へ行った。

そこは柔道場で、「キャプテンの神川理沙《かみかわりさ》に勝ったものに商品を」と張り紙がある。

柔道の勝負でなく、彼女に攻撃され一分間倒れなくて済めば勝ちというものらしい。

中では女子柔道部の子たちが、道着姿で待機していた。

理沙は二十一歳の四年生、百八十センチ近くある長身で、ショートカットの似合う美形だった。凛《りん》とした切れ長の眼差しと上品に濃い眉が魅力的で、大会の記録も相当なもののようだった。

竜司は、道場内に籠《こ》もる女子柔道部員の甘ったるい匂いに興奮してきてしまった。

「じゃ、希望者はこちらへどうぞ」

部員が言うので、竜司は恵美に頷きかけ、そちらへと行った。すると何人かの男も並んでいた。体格からして、他の大学の柔道部員らしい。

「では、参加者が多いので、トーナメントにして、優勝者がキャプテンに挑戦ということにします」

部員が言い、参加希望者を更衣室に招き入れた。

男っぽい猛者《もさ》が数人入り、竜司も紛《まぎ》れるとみな驚いた顔をした。

「おいおい、大丈夫か。逃げ回るだけじゃなく、俺たちとは柔道の勝負だぞ」

「ええ、話のタネにやってみます」

「受け身できるのか」

連中は言いながらも、構わず着替え、竜司も用意されていた柔道着を着て、迷わず白帯を締めた。

仕度を調えて道場に出ると、観客のどよめきが湧いた。

まずは柔道部同士の対戦があり、双方苦労しながら戦い、辛うじて有効を取った方が残った。

次は竜司と、百キロほどある巨漢の黒帯だ。歓声はいっそう激しくなったが、恵美が心配そうに見ていた。

礼を交わし、初めの声がかかると、竜司は無造作に前に出た。相手は最初から舐めているが、女子大生たちに良いところを見せようと、すぐにも彼の襟《えり》と袖《そで》を摑んで引き回してきた。

しかし一瞬にして、相手は見事に宙に舞い、激しく畳に叩きつけられていたのである。竜司が、僅かに身を捻っただけだが、決して相手がわざと回転したようには見えない技の切れであった。

「く、空気投げ……？」

見ていた理沙が呟いた。

空気投げは、足も腰も使わず、相手を背負いもしない玄妙な手技で、僅かな体重の移動と捻りで相手を一回転させるのだ。柔道の神様、三船久蔵《みふねきゆうぞう》十段が得意としていた技である。

少し間があってから、大歓声が上がった。竜司は、あまりに華《はな》やかな舞台で顔を赤くしながら、礼をして下がっていった。

もう一組、柔道部同士の戦いがあり、これも地味な組み手争いばかりで、やっと片方が優勢勝ちを収めた。

また竜司の番が来て、相手は長身のスキンヘッドだったが、これも組んで五秒と経たないうち、空気投げ一閃の見事な一本。相手が長身だから、棒のように派手に一回転して、観客も大喜びだった。

竜司が空気投げを選んだのは、手だけの怪力で処理できるからだ。鬼の力からすれば、いくら人が鍛えても、赤子の手を捻るようなものなのである。

「すごいわ。本当は何段なの？」

柔道部の女子が訊いてきた。

「いえ、本当に初心者です。これは柔道とは別の体術なので」

竜司は言い、恵美を見るとすっかり顔を赤くし、もう安心して応援していた。

そして三人目の相手、これを倒せば勝ち抜けで、理沙に挑戦できるのだ。

相手は、やはり百キロ以上の巨漢で、重戦車を思わせる髭面《ひげづら》だった。現役大学生ではなく、柔道部のOBといった感じである。

「はじめ！」

礼をして女子柔道部員の号令がかかると、また竜司はスタスタと真っ直ぐ相手に向かっていった。さすがに相手も油断せず、慎重に間合いを取ってから、組み手争いをしてきた。

しかし、竜司にいったん袖を握られると、もういくら振り放そうとしてもがっちり掴まれていた。そのうち襟も取られ、対処する間もなく相手は空気投げの餌食《えじき》となっていた。

大男が宙に舞い、それが畳に叩きつけられる前に竜司は乱れた襟を直しながら自分の位置に戻っていた。

大歓声が道場内に響き、負けた男たちはすごすごと下がり、やがて理沙が竜司の前にやって来た。

「立て続けで、疲れてない？」

「ええ、大丈夫です」

「立っていられるゲームでなく、柔道で勝負したいわ」

「はい、構いません」

言われて、竜司も応じると、道内はしんと静まりかえった。

やがて号令がかかり、二人は対峙《たいじ》した。もちろん竜司は最短距離で真っ直ぐ彼女に向かうだけだ。

「く……」

理沙も逃げず、歯を食いしばって懸命に襟と袖を掴んだ。竜司はせいぜい六十キロあるかないかだ。見た目の体重からしても、理沙の方が重いのだから、そう無茶に振り回されることはないだろう。それなら、自分の得意の位置を掴んだ方が有利と思ったようだ。

竜司も、せっかく美女と戦うのだから、そう簡単に勝負を付けたくなかった。まして彼女はキャプテンとしての誇りもあるだろう。

今日は学園祭だから普段の練習量よりずっと少ないだろうが、それでも甘ったるい汗の匂いが感じられた。

（一人かな、知っている男は……。でも最近している様子はない……）

竜司は理沙の内面を観察しながら、たまに感じる甘酸っぱい息の匂いにも興奮してきた。

「エイ！」

理沙が裂帛《れっぱく》の気合いを発し、渾身の力で大内刈りをかけてきた。小柄な初心者相手ではなく、本気の技である。

しかし竜司は僅かに身を捻っただけで、理沙を空気投げで宙に舞わしていた。

「わ……！」

理沙は声を洩らし、見事に一回転して畳に叩きつけられていた。もちろん技が綺麗すぎるので受け身も取りやすく、肉体的なダメージはないだろう。

しかし理沙は精神的にダメージを受け、しばらくは起き上がれなかった。

「大丈夫ですか。済みません」

竜司が言って手を引くと、ようやく彼女も気を取り直して起き上がり、礼を交わした。そして理沙が更衣室へ引っ込んでしまうと、案内係をしていた女子部員が、今日はこれで終わりと告げ、観客たちを外へ出した。

竜司は恵美を待たせ、恐る恐る更衣室に入り、道着を返し自分の服に着替えた。

奥では、理沙がパイプ椅子に座ってうなだれている。

「どうか気を落とさないで、僕は特別なんです」

言うと、彼女が顔を上げた。

「君……、名前は？」

「鬼道竜司」

「どう特別なの。確かに、組んだ途端大男に思えたけれど……」

「一種の特殊能力です。僕が恵まれているだけで、実力の差じゃありません」

「よく分からないわ。今日、これから時間ある？」

「はい」

「外で待っていて、すぐ着替えるから」

言われて竜司は頷き、更衣室を出た。

2

「すごいわ。竜司君があんなに柔道が得意だったなんて」

竜司が恵美のところに戻ると、彼女は満面の笑みで言った。

他の柔道部員も、何やら彼に話しかけたそうだったが、竜司は恵美と一緒に道場を出てしまった。

「で、申し訳ないのだけれど、少し理沙さんが話したいって言うんだ」

「ええ、構わないわ。私もそろそろ出店の番を交代する時間だから。理沙さんとも、たまに研修室で会うけれど、とってもいい人よ」

恵美は言い、やがてぬいぐるみを抱えて自分の持ち場へと行ってしまった。

すると、そこへ数人の男が竜司の前に来た。さっき対戦した連中である。

「おい、君は高校生か」

「いえ、浪人生です」

「そうか、うちの大学に来ないか。あれだけ出来れば、柔道の実績もあるだろう」

「いいえ、あれは柔道じゃなく、家に伝わる古流ですので」

竜司は、やんわりと勧誘を断った。

と、そこへ私服に着替えた理沙が出てきた。

「お待たせ。じゃ竜司君、行きましょう」

「あ、お茶とかなら、ぜひ俺たちもご一緒に」

連中が理沙に言ったが、彼女は首を振った。

「ごめんなさい。二人きりでお話ししたいの。今日は来てくれて有難う」

理沙は言い、竜司を促して連中の前を離れた。

そのまま彼女は学内の裏手へと行き、そこにあった裏口から外に出た。

そして少し歩くと、すぐに彼女が住んでいるらしいマンションに入った。歩きながら、彼女は竜司の歳や生い立ちなどを訊いてきたが、平凡の範囲を超えることは何もないのだ。

エレベーターで五階まで上がり、角部屋のドアを開けると、理沙は彼を中に招き入れた。

中はキッチンとリビング、サイドボードには大会の優勝カップが並び、筋トレの機器も置かれていた。あと二つの部屋は、寝室と書斎のようだ。

さすがにスポーツウーマンの部屋だけあり、籠もる匂いも甘ったるく濃厚だった。

彼女は冷蔵庫からウーロン茶を出し、グラスに二つ注いでテーブルに着いた。

竜司も向かい合わせに座り、気の強そうな美女を見つめた。

「少し、ショックなの」

「ええ、分かります。僕は見るからに弱そうですからね。でも、あの柔道部の連中は、もっとショックだと思います。男同士なのだから」

「そうね……」

理沙は言い、ウーロン茶を飲み、また彼を正面から見つめた。

「どう特別なのか、説明してくれる？」

「はい。他の人なら、いい加減な理由でごまかすことも出来るけど、理沙さんのように真面目に命がけで練習してきた人には、本当のことを言わないと納得してくれないでしょうね」

「聞かせて」

「鬼の力を宿しているんです」

「鬼……？」

「ええ、僕の一族の男は、そうした宿命らしいんです。力も頭脳も人並み外れていると言われているけど、僕自身よく分からないので、つい自分を試したくて、大勢の前で戦ってしまいました」

「何でも出来るの？　この世に出来ないことはないの？」

「たぶん。理沙さんの持っている、四年生の教科書も全て分かると思います」

竜司が言っても、彼女は学問の方は興味ないようだった。

「何でも出来るなら、お願いが一つあるわ。それを叶《かな》えてくれたら何もかも信じる」

「何をすればいいんです？」

「私を、いかせて」

突然の理沙の言葉に、竜司は目を丸くした。

「今まで一度も、いったことがないの。知っている男は一人だけで、三年ほど付き合ったけれど駄目で別れたわ。自分でいじれば、それなりに気持ち良いけれど、挿入でいってみたいの」

理沙は、包み隠さず正直に打ち明けてきた。

「別れてからは、女同士で楽しんだこともあったの。でも、クリトリスは感じるけれど、女の指や玩具でも駄目。どう？　見かけは坊やだけれど、私より強いのだから、この願いを叶えられるでしょう？」

「構いません。僕も、理沙さんを抱きたいです」

「いいわ、じゃ少し待って」

理沙が言って立ち上がろうとした。

「シャワーなら無用に。ナマの匂いがしないと僕は興奮しないんです」

「まあ、本当に今のままでいいの？」

「はい、脱ぎましょう」

竜司は言い、自分から服を脱ぎはじめてしまった。理沙も意を決し、脱ぎながら彼を寝室に招いた。

寝室はシンプルで、それでも床の隅にダンベルが置かれていた。籠もる匂いはリビング以上だが、もちろん理沙本人は気にならないようで、やがて一糸まとわぬ姿になり、ベッドに横たわった。

竜司も全て脱ぎ去り、ベッドに乗って彼女の肢体を見下ろした。

さすがに長身で、引き締まった美女が横たわると壮観だった。

肩や二の腕の筋肉も発達し、オッパイはそれほど大きくはないが乳首や乳輪は初々しく淡い色合いだ。腹筋は段々になり、太腿もまるで荒縄をよじり合わせたように引き締まり、逞しかった。

恥毛は薄く、健康的な小麦色の肌は、また恵美とは別の感じで清らかだった。

竜司も添い寝し、まずは乳首に吸い付いていった。

「あう……」

理沙はビクッと肌を震わせて呻き、意外に感じやすいところも見せた。

竜司はチュッと含み、舌で転がしながら弾力ある膨らみに顔を押しつけ、漂う汗の匂いに噎《む》せ返った。

もう片方にも吸い付き、軽く歯でコリコリと刺激し、充分に舐め回してから腋《わき》の下にも顔を埋め込んでいった。

スベスベの腋だが、そこは汗にジットリと湿り、甘ったるく濃厚な体臭を籠もらせていた。彼は舌を這わせ、凜としたボーイッシュ美女の匂いで鼻腔を満たしながら、さらに脇腹を舐め下り、中央に戻ってお臍にも舌を差し入れて蠢《うごめ》かせ、割れた腹筋も舐め回した。

そして腰骨から引き締まった太腿を舐め下り、脛から足首まで移動した。

理沙は身を投げ出しながら、羞恥よりも絶頂への期待にひっそりと胸を弾ませているようだ。

足裏はさすがに逞しく大きめで、畳に食いつく指もがっしりしていた。

指の股に鼻を押しつけると、汗と脂に湿って蒸れた匂いが濃く籠もっていた。竜司は充分に武道美女の匂いを貪ってから爪先にしゃぶり付き、指の股に舌を割り込ませていった。

「アア……」

理沙がビクリと脚を震わせて喘いだ。過酷な練習を積み、痛みには慣れていても、くすぐったい刺激には慣れていないのだろう。

竜司は両足とも念入りにしゃぶり尽くし、彼女を俯せにさせた。

脹ら脛も硬く引き締まり、唇や舌の圧迫を跳ね返してくるようだった。

汗ばんだヒカガミから、硬い弾力の太腿、引き締まったお尻を舌でたどり、腰から背中を舐め上げると淡い汗の味がした。

背中もくすぐったいらしく、彼女は顔を伏せて息を詰め、たまにビクッと反応していた。

肩まで行き、髪に顔を埋めると、甘いリンスの香りに汗の匂いが混じっていた。

耳たぶを噛み、うなじを舐め、また背中を舐め下り、脇腹も舌と歯で刺激しながらお尻に戻っていった。

両の親指でムッチリと谷間を開くと、可憐な薄桃色の蕾《つぼみ》が、レモンの先のように僅かにお肉を盛り上げ、艶めかしい形状でひっそり閉じられていた。

鼻を埋め込むと、やはり汗の匂いに混じり秘めやかな微香も感じられ、竜司は何度も深呼吸して嗅いでから、舌先でくすぐるようにチロチロと襞を舐め、ヌルッと潜り込ませた。

「く……！」

理沙が呻き、モグモグと肛門で彼の舌先を締め付けてきた。

竜司は滑らかな粘膜を味わい、充分に舌を出し入れさせるよう動かしてから、口を離して彼女を再び仰向けにさせた。

脚をくぐり抜け、完全に股間に鼻先を寄せると、汗の匂いを含んだ熱気と湿り気が顔中を包み込んできた。

薄めの恥毛が丘に煙り、割れ目からは綺麗なピンクの花びらがはみ出していた。

指を当ててグイッと左右に広げると、柔肉がヌメヌメと潤っていた。

息づく膣口も襞を入り組ませて艶めかしく、ポツンとした尿道口もはっきり確認でき、ボーイッシュな容貌に相応《ふさわ》しく、やはり大きめのクリトリスが真珠色の光沢を放って突き立っていた。

竜司は眺めてから、顔を埋め込み柔らかな恥毛に鼻をこすりつけていった。隅々には濃厚に甘ったるい汗の匂いに、ほのかな残尿臭が入り交じっていた。

3

「ああッ……、いい気持ち……」

舌を這わせると、理沙が内腿できつく彼の顔を締め付けながら喘いだ。

竜司は逞しい美女の野趣溢れる体臭を嗅ぎながら割れ目を舐め、膣口を掻き回し、クリトリスに吸い付いた。

次第に強く弾くように舐め、指も膣口に差し入れて内壁を小刻みに摩擦した。

しかし、ある程度は高まるものの、理沙はそれ以上にはならなかった。それだけ挿入快感への憧れがあり、鬼の力を持つという竜司への期待が大きいから、無意識にクリトリスによる絶頂を遠ざけているのかも知れない。

「も、もういいから、入れて……」

すると、理沙の方から要求してきた。

「じゃ、少しだけ舐めて濡らして」

竜司も舌を引っ込め、彼女の股間から這い出して添い寝した。

すると理沙も起き上がり、すぐにも彼の股間に顔を寄せてきた。

彼も仰向けになって、屹立したペニスを震わせると、理沙がそっと指を添え、先端にしゃぶり付いてくれた。

熱い息が恥毛をそよがせ、クチュクチュと舌をからめながらスッポリと喉の奥まで呑み込み、上気した頬をすぼめて吸い付いてきた。

「ああ……」

竜司は快感に喘ぎ、温かく濡れた美女の口の中で、唾液にまみれながら幹を震わせた。理沙も、息を弾ませてチュパチュパとお行儀悪く吸い、尿道口もヌラヌラと念入りに舐めてくれた。

しかし、愛撫ではなく濡らしただけですぐにスポンと口を引き離した。

「じゃ、上から入れて下さい」

竜司も、充分に高まって言った。

「私が上……？」

理沙は言いながらも、すぐに身を起こして跨《また》がってきた。本来は積極的な性格だから、受け身より女上位の方が性《しよう》に合っているかも知れない。

先端を膣口に押し当て、ゆっくりと腰を沈み込ませてきた。張りつめた亀頭が潜り込むと、

「あう……」

挿入は久々らしい理沙が呻き、顔をのけぞらせたままヌルヌルッと根元まで受け入れていった。竜司はきつい締め付けと肉襞の摩擦に酔いしれ、完全に座り込んだ理沙の重みを股間に受け止めた。

「本当に、何だか違うわ……」

理沙が、モグモグと膣内を収縮させながら言い、しばし感触と温もりを味わってから身を重ねてきた。

そして彼の肩に腕を回し、まるで上四方固めのように抑え付けてきた。

竜司もしがみつき、唇を求めていった。

理沙は上からピッタリと唇を重ね、ヌルッと長い舌を潜り込ませてきた。彼は舌を

からめ、生温かな唾液をすすりながら果実臭の息を嗅いだ。

さすがに格闘技をやっている人は口臭に気を遣うのか、甘酸っぱい匂いは実に淡く、情熱的な熱さと湿り気だけが印象的だった。

竜司は美女の唾液と吐息に酔いしれ、滑らかに蠢く舌を舐め回しながらズンズンと股間を突き上げた。

彼女は処女ではないし、それなりに男とのセックスやレズ行為による器具プレイも体験しているから、動きに遠慮は要らない。もちろんそれだけではなく、彼女がより大きな快感を得るよう気を込めながら動いた。

「アア……、感じる……」

たちまち効果が現れ、理沙は口を離すと声を上ずらせて喘ぎ、自分からも突き上げに合わせて激しく腰を動かしてきた。

愛液は大洪水になり、激しい動きも滑らかだった。湿った摩擦音が響き、彼の陰嚢までネットリと濡れ、互いの動きも完全に一致した。

「い、いきそう……、もっと強く……」

理沙が、そのときを待つように言い、身構えるように息を詰めた。

なおも竜司が動き続けると、膣内の収縮が活発になり、吸い込まれるような感覚が繰り返された。

「いく……、気持ちいい……、アアーッ……！」

とうとう理沙が声を上げ、ガクンガクンと狂おしい痙攣を開始した。

竜司もそれを見届け、続けて自分も絶頂に達した。

「く……！」

突き上がる大きな快感に呻きながら、熱い大量のザーメンを勢いよく柔肉の奥にほとばしらせた。

「あうう……、出ている……」

噴出を感じながら理沙が口走り、飲み込むように膣内を締め付け続けた。

竜司はなおも彼女が快感を得るよう気を込めながら動き、最後の一滴まで出し尽くした。

やがて徐々に動きを弱めていくと、理沙も腰の動きを止め、強ばった全身から力を抜いてグッタリともたれかかってきた。

「ああ……、こんなの初めて……」

理沙が荒い呼吸を繰り返しながら弱々しく言い、それでも膣内はキュッキュッときつい収縮を続けていた。竜司も刺激され、射精直後のペニスを内部でヒクヒクと過敏に反応させ、理沙のかぐわしい息を嗅ぎながら余韻を味わった。

「これが、いくっていうことなのね……」

理沙は遠慮なく彼に体重を預けながら言い、初めての膣感覚によるオルガスムスを嚙み締めていた。

竜司も、完全に動きを止めて呼吸を整えた。理沙は、じっとしながらも何度か思い出したようにビクッと肌を波打たせ、全身が射精直後の亀頭のように過敏になっているようだった。

やがて理沙はノロノロと股間を引き離し、ゴロリと横になった。しばらくは、どこにも触れられたくないようだ。

「本当にいかせてくれたのね……。ねえ、まだお願いがあるのだけれど……」

理沙が呼吸を整えながら言った。

「何です？」

「柔道部に三人、まだ経験が浅い子たちがいるの。レズプレイでそれなりに快感は知っているけれど、男を教えてあげて欲しいわ。そうすると吹っ切れて、もっと強くなると思う……」

「いいですよ。何度でも出来るのですから」

理沙の依頼に、竜司は新たな淫気を催して答えた。さっき見た限り、柔道部員は皆美形揃いだったのだ。

「有難う……」

すると理沙は答え、手を伸ばして携帯を取り、何やらメールをしていた。

その間に竜司はティッシュを取り、自分でペニスを拭い、起き上がって理沙の割れ目も拭いてやった。

すぐ返信が来て、確認した理沙は身を起こした。

「OKよ。一緒に来て欲しいの」

言うと彼女はベッドを降り、竜司も立ち上がって一緒にバスルームに入った。

身体を洗い流し、やがて身体を拭いて服を着た。

理沙は、まだ初めてのオルガスムスの名残に力が入らず、武道家らしくもなく何度かふらついた。

マンションを出ると少し歩き、理沙は一軒の住宅に向かった。

「ここに、これから会う三人が共同生活をしているの。みんな三年生で二十歳」

理沙が説明しているうちにも、その三人が柔道着姿のまま、門まで走ってきたではないか。

どうやら理沙のメールを受け、三人は学園祭の後片付けを後輩に任せ、走って帰ってきたようだった。

以前から三人は、理沙のレズ相手でもあり、手頃な男がいれば順々に体験しようと話し合っていたらしい。

「お待たせしました。わあ、さっきの男の子ね！」

三人は理沙に挨拶をし、竜司を見て顔を輝かせた。

「彼の強さは見ていたでしょう。ゆっくり教えてもらいなさい。私は済んだから、今日は早めに休むわ」

理沙は言い、そのまま引き返していった。

三人は理沙に礼をし、門を開けて竜司を招き入れてくれた。平屋で、古いが大きな貸家だ。

「どうぞ」

招かれて、竜司も上がり込んだ。

中は畳の部屋が多く、ベッドではなく布団で寝ているらしい。しかも修学旅行のように八畳間には布団が敷きっぱなしになり、さすがに甘ったるく濃厚な匂いが籠もっていた。

二十歳の三人は皆ぽっちゃり型で、三姉妹のようによく似た可憐な子たちだった。

髪型は、ショートにポニーテール、ツインテールとわかれていた。

それでも柔道は、みな二段でキャプテンの理沙の期待を背負っているらしい。

「たった今、理沙先輩としちゃったのね」

「でも、私たちもすれば、先輩や竜司君の強さがもらえるかも」

三人は口々に言いながら、すぐにも欲望に目を輝かせはじめた。

4

「じゃ、どうする？　シャワーを浴びてからしようか？　稽古もしたし、学園祭で飛び回ったうえ、ジョギングで帰ってきたのだから」

「あ、どうか、今のままで……」

一人が言うので、竜司は慌てて押しとどめた。

「え？　どうして？」

「匂いがした方が興奮するものですから」

「本当？　私たちは構わないけれど、じゃ脱いで寝て」

言われて、竜司は手早く服を脱ぎ去り、全裸で布団に横たわった。枕やシーツは、理沙のベッド以上に甘ったるく濃厚な体臭が沁み付いていた。

三人も、白線の入った黒帯を解き、柔道着とズボンを脱ぎ去った。下は汗に濡れたTシャツだけで、下着は着けていない。Tシャツも脱ぐと、たちまち三人は一糸まとわぬ姿になった。

オッパイはそれなりの膨らみを持ち、みな初々しいピンクの乳首をしていた。

理沙のように、それぞれ高校時代にエッチ体験ぐらいしているだろうから処女はいないだろう。ただ、今はレズごっこや器具によるプレイしかしていないようだ。

「ね、匂いが好きって、どこを嗅ぎたいの？」

「じゃ、最初は足の指から」

「まあ……、信じられない……」

三人は驚いて身を寄せ合いながらも、そろそろと仰向けの彼の顔の方に近づいてきた。竜司は激しく勃起しながら、順々に足首を摑んで顔に引き寄せた。

「ああン……、いいのかしら、こんなこと……」

彼女たちは、肩を組んで支え合いながら言い、恐る恐る彼の鼻に足指を押しつけてきた。

竜司は、汗と脂に湿った指の股の匂いに酔いしれ、顔を踏みつける足裏の感触に激しく勃起した。

みなムレムレの濃い匂いを籠もらせ、彼は興奮しながら順々に爪先をしゃぶった。

「アアッ……、くすぐったくて、いい気持ち……」

彼女たちは声を弾ませて喘ぎ、竜司も均等に三人の指の股に舌を割り込ませて味わった。

やがて足を交代させ、全員の両足を舐め尽くし、味と匂いを堪能すると、三人も息を弾ませて彼の周囲にぺたりと座り込んだ。

「こんなことされたの初めて……」

「でも見て、すごく立ってる」

「こんな女の子みたいに色白で華奢なのに、理沙先輩より強いなんて……」

三人は口々に言いながら、竜司の身体を観察し、肌を撫で回してきた。

そして、とうとう一人が屈み込み、ペニスに舌を這わせると、餌に群がるように全員が顔を突き合わせてしゃぶりはじめてくれた。

「ああ……」

竜司は、三人分の舌の蠢きと、混じり合う熱い息と唾液に包まれながら喘いだ。

彼はそのうち手近な一人の下半身を引き寄せ、顔に跨がらせた。

彼女もそろそろと跨がって股間を寄せ、女上位のシックスナインでペニスを含んでくれた。

他の二人は、頬を寄せ合って陰嚢を舐めてくれた。

三人の息が股間に籠もり、それぞれの舌がチロチロと亀頭や睾丸を転がし、竜司は激しく高まりながら割れ目を見上げた。

楚々とした恥毛が丘に煙り、割れ目からはみ出した花びらは興奮に色づき、すでにヌメヌメと潤っていた。クリトリスもツンと突き立ち、股間全体には悩ましい匂いを含んだ熱気と湿り気が籠もっていた。

竜司は腰を抱き寄せ、まずは潜り込むようにして柔らかな恥毛に鼻を擦りつけ、甘ったるく濃厚な汗の匂いを吸収した。

割れ目に近づくと、ほんのりした残尿臭も心地よく鼻腔を刺激し、息づく膣口を舐め回すと淡い酸味のヌメリがあった。

「ンンッ……！」

クリトリスを舐めると、亀頭を含んでいた彼女が熱く呻き、反射的にチュッと強く吸い付いてきた。

竜司もチロチロと舐め回し、溢れる蜜をすすり、さらに伸び上がって白く丸いお尻の谷間にも鼻を埋め込み、顔中に双丘を密着させながら蕾に籠もった秘めやかな微香を貪るように嗅いだ。

舌先で蕾を舐め、濡らしてからヌルッと潜り込ませて粘膜も味わった。

「ああン……、気持ちいい……」

「ずるいわ。交代よ」

彼女が喘いで口を離すと、もう一人が言ってローテーションしてきた。

次の子も割れ目は大量の愛液に潤い、柔らかな茂みには悩ましい体臭が濃厚に籠もっていた。

竜司は彼女の味と匂いも堪能し、真珠色のクリトリスを吸い、可憐な肛門にも鼻を埋めて嗅ぎ、充分に舌を這い回らせた。

やがて味わい尽くすと、残る一人が跨がってきた。

竜司は彼女の割れ目とお尻の谷間も心ゆくまで嗅いで味わい、たっぷり溢れる愛液で喉を潤した。

その間も、三人が陰嚢とペニスをしゃぶり、時には脚を上げて彼の肛門まで舐め回してくれた。そして三人とも、我慢できないほど高まったのだった。

「ねえ、入れたいわ……」

充分に舐めてもらった三人が、彼の股間から顔を上げて言った。

「じゃ、どうぞ、順々に」

竜司が言うと、割れ目を舐めた順から女上位で跨がってきた。

彼女はしゃがみ込み、自ら幹に指を添えて先端を割れ目に押し当て、位置を定めてゆっくりと腰を沈み込ませてきた。

張りつめた亀頭が潜り込むと、

「あう……、いいわ……」

彼女が息を詰めて言い、あとは重みとヌメリに任せ、ヌルヌルッと一気に座り込んだ。竜司も肉襞の摩擦と締め付けを味わい、股間に密着する彼女の温もりに陶然《とうぜん》となった。

しかし今回は三人が相手だから、最後の一人で果てようと決めた。すでに鬼の力で暴発を堪えることも出来るだろうし、理沙のように三人を果てさせることが目的なのである。

彼は抱き寄せ、顔を上げて左右の乳首を交互に吸い、舌で転がしながら甘ったるい汗の匂いに噎せ返った。もちろん腋の下にも鼻を埋め込み、濃厚な体臭で胸を満たしながら、徐々に股間を突き上げていった。

「ああ……、気持ちいい……、すぐいきそう……！」

彼女が熱く喘ぎ、突き上げに合わせて腰を動かしはじめた。

竜司が、彼女が昇り詰めるよう気を込めながら律動を続けると、大量の愛液が溢れて動きが滑らかになり、クチュクチュと卑猥な摩擦音が響いた。

そして左右の二人が息を呑んで見守るうち、たちまち彼女はガクンガクンと狂おしい痙攣を開始したのだ。

「い、いく……、アアーッ……！」

彼女は顔をのけぞらせ、ツインテールを振り乱しながら激しいオルガスムスに声を上げた。

膣内の収縮も最高潮になったが、竜司は辛うじて漏らさずに済んだ。

次第に彼女がグッタリと力を抜き、硬直を解いていった。あとは重なって荒い呼吸を繰り返すばかりとなった。

するとほかの二人が彼女を引き離して横たえ、次のポニーテールが跨がってきた。

「良かったわ。まだ立ってる……」

言いながら、彼女の愛液にまみれたペニスを受け入れ、一気に座り込んできた。

竜司は、微妙に感触と温もりの違う膣内に包み込まれ、キュッときつく締め上げられた。

彼女も完全に真下から貫かれ、顔をのけぞらせて身を強ばらせた。

「あう……、すごく、いい……」

彼女は快感を嚙み締めながら呻き、すぐにも自分から腰を遣いはじめた。

竜司は抱き寄せ、同じように両の乳首を交互に含んで舐め回し、濃厚な汗の匂いで胸を満たした。もちろん腋の下にも顔を埋め、同じ汗の匂いでも微妙に違うフェロモンを味わった。

そして彼がズンズンと股間を突き上げると、

「いく……！　ああーッ！」

彼女は急激に高まって声を洩らし、失禁したかと思えるほど大量の愛液を漏らしながら、ヒクヒクと痙攣して昇り詰めてしまった。

膣内の収縮に堪えながら、今度も何とか竜司は漏らさずに済ませた。

考えてみれば、とびきり可憐な三人を相手に、短い時間でいかせて交代させるというのも勿体《もったい》ない話だった。

グッタリとなった彼女を引き離して横たえると、最後のショートカットの子が跨がってきた。

二人分の愛液に濡れたペニスを受け入れ、滑らかに根元まで貫かれると、彼女も顔をのけぞらせて硬直し、密着した股間をグリグリ擦りつけてきた。

「ああ……、すごいわ。奥が熱い……」

彼女は目を閉じて喘ぎ、キュッキュッと味わうように彼自身を締め付けてきた。

竜司も彼女を抱き寄せて股間を突き上げ、左右の乳首を貪って甘い汗の匂いに包まれた。

5

「アア……、気持ちいい……、もっと突いて……」

彼女が言い、竜司ももう我慢することはないので、次第に突き上げを強めていった。

そして乳首を吸い、腋の下の匂いも堪能しながら、彼自身も高まっていった。

唇を求めると、彼女も上からピッタリと唇を重ねてきた。

すると、左右で放心していた二人も息を吹き返したように顔を割り込ませ、一緒になって舌をからめてきたのである。

これも、実に贅沢な快感であった。

真上と左右三人の美女たちの、それぞれに滑らかな舌を舐め回し、混じり合った唾液を心ゆくまで飲めるのだ。

三人とも甘酸っぱい息の匂いをさせていたが、それぞれに濃厚だった。

理沙は、アトラクションで皆と対戦するはずだったから口臭に気を遣い、かなりケアしていたが、この三人は学園祭のあちこちでも買い食いしていたらしく、生温かく湿り気ある果実臭の中には、オニオン臭やガーリック臭までほんのり入り交じり、実に刺激的で艶めかしかった。

竜司は順々に彼女たちの口に鼻を押し込んで吐息フェロモンを貪り、その刺激にヒクヒクと幹を震わせながら律動を続けた。

彼女たちもレズごっこしていただけあり、互いの舌が触れ合うのも構わず、争うように竜司の舌を舐め回してきた。

「もっと唾を飲ませて……」

囁くと、三人とも懸命に唾液を分泌させ、トロトロと順番に彼の口に注ぎ込んでくれた。

竜司は、生温かく小泡の多いミックスシロップを味わい、うっとりと飲み込んで酔いしれた。さらに三人の口に顔中も押しつけた。

「ね、顔中ヌルヌルにして……」

言うと、三人は息を弾ませながら彼の顔中に舌を這わせてくれた。

左右の鼻の穴がチロチロと舐められ、頬から瞼《まぶた》、両の耳の穴にも舌先が潜り込んでクチュクチュと蠢いた。

たちまち顔中がヌルヌルにまみれ、竜司は三人分の唾液と吐息の匂いに包まれながら、とうとう絶頂に達してしまった。

「い、いく……！」

突き上がる快感に口走り、ありったけの熱いザーメンをドクンドクンと勢いよく膣内にほとばしらせた。

「あう、熱いわ……、気持ちいいッ……、ああーッ……！」

噴出を感じると同時に、彼女もオルガスムスのスイッチが入ったように声を上ずらせ、ガクンガクンと狂おしく痙攣し、膣内の収縮を最高潮にさせた。

竜司は三人の温もりと匂いの中で、心置きなく最後の一滴まで出し尽くし、徐々に力を抜いていった。

「ああ……、溶けてしまいそう……」

彼女も満足げに言いながら、グッタリと彼に体重を預けてきた。

竜司は、まだヒクヒクと収縮する膣内でペニスを震わせ、三人分の甘酸っぱい吐息を嗅ぎながら、うっとりと快感の余韻に浸り込んでいったのだった。

「良かったわ……」

「ええ、力が湧いてくるみたい……」

三人は、肌をくっつけ合いながら口々に言い、いつまでも竜司の頬に舌を這わせていたのだった……。


――バスルームで、四人は肌を密着させながらシャワーで全身を洗い流した。

いくら洗っても、三人もいると、狭いバスルーム内から甘ったるい匂いが消え去ることはなかった。

やがて流し終えると、竜司は床に座ったまま、三人を周囲に立たせて太腿を抱えて引き寄せた。

「どうするの……」

「オシッコをかけて……」

「まあ、そんなことされたいの……」

竜司の言葉に三人は驚きながら、好奇心を抱いたように、それぞれが彼の顔に股間を突き出してきた。

二人は彼の両肩に跨がり、残る一人は正面に立ちはだかった。

これも実に壮観だった。正面に湯に濡れた恥毛の丘と割れ目があり、左右どちらを見ても、それぞれの股間が迫っているのだ。

しかも三人のクリトリスも可愛らしく覗いている。鬼は節分の豆が苦手と言うが、こういう豆なら大歓迎であった。

「いいのかしら、こんなこと……」

「でも、出ちゃいそうだわ……」

「あん、私も出る……」

三人は口々に言いながら尿意を高め、もう遠慮も羞じらいもなく、まずは右肩のポニーテールからチョロチョロと放尿を開始した。

すると間もなく、残る二人もほぼ同時に、温かなオシッコを勢いよくほとばしらせてきたのだ。

しかも全員が自ら割れ目と陰唇を指で広げ、正面に飛ぶように尿道口を露わにし、股間を突き出してくれたのだ。

左右からのオシッコは勢いが良く、竜司の両頬を直撃し、正面からの流れも放物線を描き、口に降り注いできた。

「ああ、いい気持ち……」

三人は、ゆるゆると出しながら言い、竜司はそれぞれの温かな流れと悩ましい匂いにムクムクと回復してきてしまった。順々に顔を向け、舌に受け止めると、淡い味わいだったり、微かな塩気や苦みが感じられたり様々だった。

やがて順々に流れが弱まると、竜司も惜しむようにそれぞれの割れ目を舐めて雫をすすり、内部まで舐め回した。

「あん……」

彼女たちも快感に喘ぎ、やがてピクンと下腹を震わせて完全に放尿を終えた。

竜司はなおも三人分の割れ目を舐め、残り香を貪った。

そして顔を離すと、三人はもう一度シャワーで股間を洗い、順々にバスルームを出て行った。竜司も身体を流して出ると、三人が甲斐甲斐しくバスタオルで全身を拭いてくれた。

「すごいわ、また硬くなってる……」

「でも、私はもう充分だわ」

「じゃ三人で、お口で可愛がってあげましょうね」

三人は言い、竜司を連れて全裸のまま布団に戻った。やはり激しいオルガスムスを得たので、その感動を胸に、今日は皆もう充分なようだった。

再び竜司が仰向けになると、一人がペニスにしゃぶり付き、二人は左右から乳首に舌を這わせてくれた。

「噛んで……」

言うと、左右の子が両の乳首をキュッキュッと甘く噛んでくれた。するとペニスを含んでいる子も、そっと歯を立ててきたのだ。

それが、意外にも気持ち良く、しかも鬼の力を宿しているから、むしろいくら噛まれても痛くはなかったのだ。

「ああ、もっと強く……」

身悶えながらせがむと、二人は乳首を強く噛んでくれ、さすがにペニスだけは軽く歯で挟む程度にしてくれた。

やがて高まってくると、竜司は左右の二人の顔を引き上げ、同時に舌をからめてもらった。混じり合った唾液を飲み、ミックス吐息の果実臭で鼻腔を満たすと、激しく屹立したペニスが彼女の口の中でヒクヒクと震えた。

「い、いきそう……」

竜司はギリギリまで二人の唾液と吐息を吸収しながら高まり、やがて限界になると口走った。

すると二人も急いでペニスに向かい、三人で亀頭を舐め回してきたのだ。やはり彼の力が欲しくて、ザーメンを飲みたいのだろう。

「ああ……、い、いく……！」

三人分の舌を感じ、混じり合った唾液に浸りながら竜司は口走り、たちまち大きな絶頂の快感に全身を貫かれてしまった。

同時に、熱い大量のザーメンをドクンドクンと勢いよくほとばしらせた。

「ンン……」

ちょうど含んでいた子が、第一撃で喉の奥を直撃されて呻き、すぐに口を離した。すかさず二人目がパクッと亀頭を含んで吸い付き、噴出を受け止めると最後の一人に交代した。

チューッと強く吸い付かれ、竜司は最後の一滴まで絞り尽くした。

「アア……」

竜司は快感に腰をよじって喘ぎ、降参するようにクネクネと悶えた。

ようやく三人目もスポンと口を離し、それぞれ口に溜まったものを有難く飲み込んでくれた。さらに、まだ尿道口から滲む雫に群がり、三人は顔を寄せ合って亀頭を舐め回してきた。

「も、もう、どうか……」

さすがの竜司も、あまりに強い刺激で過敏に反応して降参した。

やがて三人も、すっかり彼の股間を綺麗にして顔を上げ、大仕事を済ませたように息を吐いて顔を見合わせた。

竜司は息を弾ませながら、うっとりと余韻を味わったのだった。

第五章　恋する汁だく妖精

「いいじゃないか。帰りはちゃんと送るからさ」

知性のかけらもない声が聞こえてきて、買い物の途中だった竜司は、そちらへと向かった。

1

まだ昼過ぎである。見るとコンビニの駐車場に車とバイクが停まり、全部で三人の男たち、十八歳前後で勉強とは縁のなさそうな、人の形をした害虫が一人の少女を取り囲んでいた。

少女は、何とも愛くるしい人形のような子だった。中学一、二年ぐらいか、怯《おび》えた目で三人を見回し、身をすくませている。

竜司が近づくと、彼女は縋るような目で彼を見た。

「こっちへ来なさい」

竜司が言うと、彼女も三人の隙を突いてこちらへ駆けてきた。三人も彼に気づき、取り囲んできた。

「構わないから、向こうへ走っていきなさい」

竜司が笑顔で優しく言うと、少女もこっくりし、パッと背を向けて道路の方へ走っていった。

「おい、待てよ！」

二人が少女を追い、一人が後ろから竜司に組み付いてきた。

竜司は追おうとした二人の、それぞれ耳と髪を掴んだ。一瞬、鬼の力が出てしまい気がつくと耳を引きちぎって顔面の皮膚まではがし、もう一人の頭皮も、顔中の皮と一緒にむしり取っていた。

「ぐええ……」

何が起きたか分からない二人は奇声を発し、さらに竜司の手刀で肋骨を粉砕されて崩れた。

「う、うわ……」

組み付いていた男も、倒れた二人の二目と見られぬ形相に竜司から離れて後ずさった。そして震える手でナイフを取り出したが、いち早く竜司に手首を掴まれ、捻り折られていた。

「うぐ……！」

激痛に男が呻き、大小の失禁をしながら泡を吹いて昏倒した。

骨ばかりでなく、筋肉と神経も全て両断し、恐らく三日と経たず腕は腐りはじめるだろう。要するに切断が余儀なくされるということだ。

倒れた三人をそのままに駐車場を出ると、少し離れたところで少女が待っていた。

「やあ、行けばいいのに」

「鬼さん」

「え……？」

愛くるしい目が彼を見上げて言い、竜司はドキリとした。

「どうして、鬼？」

「私、その人の本来の姿が見えるの。でも、悪い鬼さんじゃないわ」

少女が言い、竜司は、この子も人ならぬものではないかと思った。そして、どちらからともなく一緒に歩きはじめた。

「それにしても、あいつら、こんな幼い子をナンパしようとするなんて」

「私、十八です。大学一年生なんですよ」

「え？　そうなの……？」

言われて、竜司は目を丸くした。身長は百三十センチに満たず、体重も三十キロそこそこだろう。

彼女は、一木法子《いちきのりこ》と名乗った。聞けば、恵美と同じ大学の一年生、つまり竜司とも同学年ではないか。

ふんわりと秋の陽射しを含んだセミロングの髪はまだ乳臭く、愛らしく清楚《せいそ》なブラウスにスカート、いかにも良家のお嬢様といった雰囲気である。

「私の家あそこです。助けてくれたお礼にお茶でも」

法子が指すところに高級マンションがあった。

誘われるまま竜司はついて行き、セキュリティの厳しそうな入り口から入ってエレベーターに乗った。

十二階まで上がって少し廊下を進むと、法子はバッグから鍵を出してドアを開け、彼を招き入れてくれた。どうやら家族と一緒ではなく、大学に通うため一人で暮らしているようだ。

上がり込むと、法子が内側からドアをロックした。もちろん習慣なのだろうが、密室になると竜司の胸が妖しく高鳴ってしまった。

キッチンもリビングも広く、大型テレビも応接セットも実に豪華だった。きっと家が金持ちで、娘のために安全で快適な住まいを提供してくれたのだろう。

２ＬＤＫで、他は勉強部屋と寝室のようだ。

もちろん室内には、美少女の甘ったるい体臭が悩ましく籠もっていた。

「その人本来の姿って？　例えばさっきの不良たちは？」

「あれは、オケラとかカメムシとか、そういった類いのもので、人ではないわ。だから嫌だったの」

「なるほど、じゃ僕は？」

「肌が赤黒くて毛むくじゃらで、角が二本で大男の鬼よ」

「そう見えるの……」

「ええ、でも嫌いじゃないわ。そういう人に会いたかったの」

法子は、恋するようにぼうっとした眼差しで竜司を見つめて言った。

彼も、美少女の妖しい視線を受け、激しくムクムクと勃起してきた。

「あの三人、もし私を車に連れ込んでいたら、そのあとどうなったかしら」

「それは、誰かの部屋へ連れて行かれて、お酒でも飲まされて、順々に犯されただろうね」

法子が言うので、竜司も股間を熱くしながら答えた。

「そうよね、きっと……。でも、そうならなくて良かったわ。それに、こうして鬼さんにも会えたのだから」

彼女は言い、茶も入れずに竜司の手を握って引っ張り、寝室へと連れて行った。

そこはリビング以上に濃厚な思春期フェロモンが籠もり、ベッドの隅にはパジャマが脱ぎ捨てられていたので、慌てて法子が隠した。

「いいの……？　ひょっとして、初めて？」

「ええ……、ずっと女子校だったし、今まで、本来の姿で気に入る人に出会わなかったから……」

「そう、じゃ脱いで」

言いながら竜司が先に脱ぎはじめると、法子もモジモジとブラウスのボタンを外しはじめた。寝室はレースと遮光カーテンの二重だが、両端を僅かに開け、充分に美少女の全てが観察できる明るさにした。

やがて、先に全裸になった竜司はベッドに横になり、枕に沁み付いた美少女の匂いを嗅ぎながら激しく勃起した。

法子も、おそらくは長年初体験の相手を探していたらしく、ためらいなく最後の一枚を脱ぎ去って添い寝してきた。肌は透けるように白く、乳首も乳輪も清らかな薄桃色をして、幼く可憐な肢体をしていた。

いかに小柄な美少女でも、竜司は甘えるように腕枕してもらった。

法子も彼を胸に抱き、無垢な肌をくっつけてきた。

「いい匂い……」

竜司は、美少女の腋から漂う甘ったるい汗の匂いと、上から吐きかけられる甘酸っぱい息の匂いにうっとりと酔いしれて言った。

「ねえ、お願い……」

法子が息を弾ませ、きつく彼の顔を胸に抱きすくめて言った。

「なに？」

「私を食べちゃって……、鬼さんのおなかの中で溶けてしまいたいわ……」

法子が興奮に熱っぽい眼差しで彼の目の奥を覗き込み、かぐわしい息で懇願《こんがん》するように囁いた。

竜司も激しく興奮し、鼻先にある薄桃色の乳首にチュッと吸い付いた。

「アア……！　嚙みきって、飲み込んで……」

法子は、よほど食べられたい願望があるように声を震わせて言い、クネクネと身悶えた。

竜司も乳首を舌で転がし、痛くないように軽く歯を当てて挟み、コリコリと刺激してやった。

「あうう……、もっと強く、本気で食べて……」

法子が声を上ずらせ、甘ったるい匂いを揺らめかせてせがんだ。

もちろん本気で嚙めば簡単に食いちぎることが出来るし、咀嚼《そしゃく》して飲み込みたい衝動にも駆られるが、竜司は加減しながらモグモグと嚙み、もう片方の乳首も念入りに愛撫した。

幼い乳首もツンと突き立ち、微かな愛撫にもビクッと過敏に反応した。

竜司は、さらに彼女の腋の下にも顔を埋め込み、ジットリ汗ばんでいるツルツルの腋の匂いを嗅ぎ、舌を這わせた。ミルクのように甘ったるい汗の匂いは、心地よく彼の胸に沁み込んできた。

そして脇腹を舐め下り、たまにキュッと歯を甘く食い込ませた。

「あぁッ……、そこも食べて……、美味しいって言って……」

「美味しいよ」

「アアーッ……！　嬉しい、もっと強く噛んで……」

法子は、今にもオルガスムスに達しそうに声を上げ、狂おしく身悶えた。よほど幼い頃から、鬼に食べられるという妄想が彼女にとっての憧れのメルヘンで、それを思ってオナニーしていたのかも知れない。

竜司は脇腹から腹の真ん中に戻り、愛らしい縦長のオヘソを舐め、張り詰めた下腹のお肉もパクッと頬張った。

「ああ……、もっと食べて……」

法子が朦朧《もうろう》となりながら言い、彼も、服を着て見えない部分なら少々痕になっても構わないと思い、キュッと歯を食い込ませた。

滑らかな肌と中の脂肪、さらに奥の腸の弾力まで心地よく歯と顔中に伝わって、彼も次第に夢中になって美少女の肌を貪った。

2

「アア……、いい気持ち……」

法子は何度も顔をのけぞらせては声を弾ませ、クネクネと全身を悶えさせた。

竜司も腰から太腿へ這い下り、白くムッチリした内腿にも軽く歯を当て、モグモグと動かした。

無垢で滑らかな肌は吸い付くようで、彼も念入りに味わい、脛から足首まで下りていった。

足首を摑んで浮かせ、小さな足裏に舌を這わせ、指の間にも鼻を割り込ませて嗅いだ。さすがに匂いは薄く上品だったが、微かな汗と脂に蒸れた芳香が鼻腔をくすぐってきた。

爪先にしゃぶり付き、小さな桜貝のような爪を噛み、指の股に順々に舌を割り込ませて味わい、吸い付いた。

「ああ……、足まで食べられている……」

法子が、羞恥や抵抗よりも、自らの妄想に浸りながらうっとりと喘いだ。

竜司は味わい尽くし、もう片方の足も味と匂いを貪った。

そして俯せにし、踵からアキレス腱を舐め上げ、柔らかな脹ら脛を嚙み、汗ばんだヒカガミからスベスベの太腿をたどっていった。

白く丸いお尻を舐め、腰から背中を舐め上げると淡い汗の味がした。

背中や肩にもそっと歯を当て、乳臭く甘い匂いの髪に顔を埋め、耳の後ろを嗅ぎ、耳の穴をクチュクチュと舐め、そっと耳たぶを嚙んだ。

「あん……」

法子がビクッと肩をすくめて声を洩らし、竜司は背中を舐め下り柔らかな脇腹にもそっと歯を食い込ませてからお尻に戻っていった。

俯せのまま脚を開かせ、その真ん中に腹這いになって陣取ると、彼は両の親指でムッチリとお尻の谷間を開いた。

そこには可憐な薄桃色の蕾がひっそりと閉じられ、細かな襞が実に綺麗だった。

それでも鼻を埋め込むと、顔中に双丘が柔らかく密着し、蕾に籠もった秘めやかな微香が悩ましく感じられた。

舌先でチロチロと蕾を舐め、充分に濡らしてから潜り込ませ、ヌルッとした粘膜を味わった。

「あう……」

法子が顔を伏せたまま呻き、お尻をモゾモゾさせながら、潜り込んだ舌先をキュッと肛門で締め付けてきた。

竜司は中で舌を蠢かせ、出し入れさせるように動かした。美少女の肛門を舐め、お尻に顔を埋めているだけで幸せな気持ちになれた。

そして充分に味わうと、彼は舌を引き抜き、再び法子を仰向けにさせ、片方の脚をくぐって美少女の股間に顔を迫らせた。

若草はほんのひとつまみ、ぷっくりした丘に楚々と煙り、丸みを帯びた割れ目からはピンクの花びらがはみ出していた。

しかし見た目は実に清らかで初々しいが、驚くほど大量の愛液が溢れ、股間全体がビショビショになっているではないか。

竜司は熱気と湿り気の籠もる内腿の間に顔を進め、そっと指を当て、ヌレヌレになっている可憐な陰唇を左右に開いてみた。

中は綺麗なピンクの柔肉で、無垢な膣口が花弁状の襞を入り組ませて息づき、ポツンとした尿道口も確認できた。包皮の下からは、小粒のクリトリスも顔を覗かせ、真珠色の光沢を放っていた。

吸い寄せられるように顔を埋め込み、柔らかな恥毛に鼻を擦りつけると、やはり令嬢でも、汗の匂いと残尿臭が悩ましく籠もり、竜司は何度も深呼吸して美少女の体臭を嗅いだ。

舌を這わせ、陰唇の表面を舐めると汗かオシッコか判然としない淡い味がし、奥へ差し入れていくと淡い酸味のヌメリに触れた。

処女の膣口をチロチロと掻き回すように味わい、クリトリスまで舐め上げていくとキュッと彼女の内腿が顔を締め付けてきた。

「アアッ……、気持ちいいわ……」

法子が顔をのけぞらせて喘ぎ、ヒクヒクと白い下腹を波打たせた。

竜司は舌先で小粒のクリトリスを味わい、新たにトロトロと溢れてくる大量の幼い蜜をすすった。

そして指先を膣口に当て、そっと差し入れながら小刻みに内壁を擦った。

「あうう……、気持ちいいけれど、指じゃなく、本物をお願い……」

法子が、挿入を怖がることなく、高まりに任せて口走った。

竜司も待ちきれず、指を引き抜いて身を起こした。屹立したペニスを構えて股間を進め、指で下向きにさせてヌルヌルの割れ目に擦りつけ、潤いを与えてから位置を定めていった。

彼女も覚悟を決めたように目を閉じ、神妙に身を投げ出していた。

竜司は先端をグイッと無垢な膣口に押し込み、丸く広がってくわえ込む処女膜の感触を味わった。

あとはヌメリに任せ、ヌルヌルッと奥まで貫くと、何とも心地よい肉襞の摩擦と、熱いほどの温もりが彼自身をきつく締め付けながら包み込んできた。

「く……」

法子は微かに眉をひそめて呻きながらも、初めての体験を嚙み締めていた。

竜司も温もりと感触を味わい、脚を伸ばして身を重ねていった。

小さな身体にのしかかり、肩に手を回してシッカリと抱きすくめた。

上から顔を寄せると、愛らしい唇が開き、白く滑らかな歯並びが覗いていた。その間から、熱く湿り気ある息が洩れ、竜司が鼻を押しつけると、柔らかな唇の感触と唾液の湿り気が伝わってきた。

美少女の口の中は、生温かく甘酸っぱい芳香が濃厚に満ち、竜司は何度も嗅ぎながら胸の奥が溶けてしまいそうな快感と興奮に見舞われた。

「あ……」

膣内でピクンと幹が震えるたび、法子が熱く喘ぎ、惜しみなくかぐわしい口の匂いを嗅がせてくれた。

やがて唇を重ね、舌を差し入れて歯並びを舐め、奥にも潜り込ませてネットリと舌をからめた。法子もクチュクチュと舌を蠢かせ、彼は美少女の生温かく清らかな唾液をすすった。

もう我慢できず、竜司もそろそろと様子を見ながら腰を突き動かし、何とも心地よい締まりと柔襞の摩擦を味わった。

「アアッ……！」

法子も彼の背に回した両手に力を込め、喘ぎながら股間を突き上げてきた。

「大丈夫？　痛くない……？」

「ええ……、鬼さんに食べられて、嬉しい……」

気遣って囁くと、法子が熱く息を弾ませて答え、さらに突き上げを激しくさせてきた。痛くても感じるようで、愛液の量も格段に増して、ヌラヌラと律動を滑らかにさせてきた。

ピチャクチャと淫らに湿った摩擦音も聞こえてきて、竜司の快感も高まってきた。

「ねえ、私、美味しい……？」

「うん、とっても美味しいよ」

「じゃもっと食べて……」

法子が言うので、竜司も腰を突き動かしながら彼女の耳たぶを噛み、歯形が付かないよう頬から首筋も甘く噛んでやった。

「ああン……、気持ちいいッ……！」

たちまち法子はガクンガクンと狂おしい痙攣を起こして喘ぎ、竜司の全身を跳ね上げるほど身を弓なりに反り返らせてきた。

小柄な美少女の激しい力と絶頂の凄まじさに、続いて竜司も大きな快感の渦に巻き込まれて昇り詰めてしまった。

「い、いく……、アアッ……！」

突き上がる快感に喘ぎながら、竜司はドクンドクンと勢いよく大量のザーメンを柔肉の奥にほとばしらせた。

まさか法子が、初体験からオルガスムスに達するなど夢にも思わず、感激しながら彼は最後の一滴まで出し尽くした。

股間をぶつけるように動かしながら、ようやく満足した竜司は徐々に動きを弱めてゆき、まだ収縮する膣内にヒクヒクと反応した。

そして完全に動きを止めてのしかかり、法子の喘ぐ口に鼻を押し込み、美少女の甘酸っぱい果実臭の息を胸いっぱいに嗅ぎながら、うっとりと快感の余韻に浸り込んでいった。

ようやく呼吸を整え、そろそろと股間を引き離すと、彼は手早くティッシュでペニスを拭い、処女を失ったばかりの割れ目を観察した。しかし陰唇が痛々しくめくれて膣口からザーメンが逆流しているものの出血はなく、むしろ満足げに割れ目全体が息づいていた。

彼はそっと割れ目を拭ってやってから、法子を軽々と横抱きにしてベッドを降り、バスルームへ連れて行ってやった。

3

「ああ……、まだ何か中にあるみたい……」

シャワーの湯を浴び、ようやく息を吹き返したように法子が呟いた。

竜司は互いの身体を洗い流し、やがて広い洗い場に仰向けになった。

「跨いで」

彼は法子の手を引いて顔に跨がらせ、しゃがませた。

「オシッコをして？」

「顔に？　飲むの……？」

「うん……」

「汚いわ。それに、人の顔になんか出せないわ……」

「人じゃなくて鬼だからね。それに法子ちゃんは天使だから汚くないんだ。食べてしまいたいから、オシッコも飲んでみたいし」

言うと、また法子は食べるという言葉に反応し、興奮に目を輝かせた。

「いいわ、少しだけだけれど……」

彼女は言い、懸命に息を詰めて下腹に力を入れはじめてくれた。

可愛い割れ目から柔肉が迫り出すように盛り上がり、彼はポツンとした尿道口を舐めた。

「あん、出ちゃう……」

法子が言うなり、柔肉の味わいが変化し、生温かな流れが滴ってきた。

竜司は夢中になって口に受け止め、温もりと匂いを味わった。喉に流し込むと、胸いっぱいに甘美な悦びが広がった。

「アア……、本当に飲んでる……」

法子は息を弾ませ、次第にチョロチョロと勢いよく放尿してきた。

竜司も鬼の力で、仰向けで飲んでも噎せるようなこともなく、淡く上品な味と匂いを心ゆくまで堪能しながら飲み込むことが出来た。

間もなく流れが弱まり、竜司は惜しみながら最後の一滴まで飲み干した。

やがて流れが完全に治まると、ポタポタ滴る雫を舐め取った。

しかし大量に溢れる愛液が混じり、たちまちヌラヌラとした淡い酸味が満ちてきてしまった。

ようやく舌を引っ込めると、法子はプルンと下腹を震わせて小さく息を吐いた。

竜司は身を起こし、もう一度互いの身体にシャワーの湯を浴びせた。そして二人は身体を拭いてバスルームを出ると、全裸のままベッドに戻った。

「私のオシッコ、美味しかった……？」

「うん、とっても美味しかったよ。今度は、法子ちゃんが僕を食べて……」

竜司は仰向けになって言い、まずは顔を引き寄せ、唇を噛んでもらった。

美少女の綺麗な歯がキュッと彼の唇を噛み、甘酸っぱい息の匂いが馥郁《ふくいく》と鼻腔を刺激してきた。

法子はモグモグと噛み締めるように動かし、彼の唇から鼻の頭、頬まで噛んでくれた。美少女の小粒の歯並びが肌に食い込むたび、竜司はムクムクと回復し、激しく幹を震わせた。

「唾を飲ませて、いっぱい……」

囁くと、法子も懸命に唾液を分泌させ、愛らしい唇をすぼめ、白っぽく小泡の多い唾液をトロトロと垂らしてくれた。竜司は生温かくネットリとした唾液を味わい、うっとりと喉を潤した。

「顔中にもかけて、思い切りペッって」

「いいのかしら……」

法子はためらいつつも、結局してくれた。

強くペッと吐きかけると、生温かく甘酸っぱい息とともに粘液の固まりが鼻筋を濡らし、心地よく頬を伝い流れた。

さらに何度か吐きかけ、それを舌でヌラヌラと彼の顔中に塗りつけてくれた。

竜司は、美少女の清らかな唾液で顔中パックされたように生温かくまみれ、甘酸っぱい匂いに陶然となった。

そして法子は彼の耳たぶを噛み、熱い息を耳に吐きかけてから、首筋を舐め下り、やがて乳首に吸い付いてきた。

「ああ……、もっと強く噛んで。自分がされたいように……」

言うと、法子も熱い息で肌をくすぐりながら、キュッキュッと強めに乳首を噛んでくれた。

「気持ちいい……、もっと強く。噛みちぎってもいいから……」

竜司が甘美な痛み混じりの快感に悶えて言うと、法子も強く噛み締めてきた。

左右の乳首を交互に噛み、たまにチロチロと舌を這わせ、やがて彼の股間に移動していった。

熱い息が股間に籠もり、美少女の舌が先端に触れてきた。

「アア……、いい気持ち……」

竜司が喘ぐと、法子も彼の股間に陣取り、セミロングの髪でサラリと内腿をくすぐりながら舌の動きを活発にさせてきた。

幹を舐め下り、陰嚢にしゃぶり付くと、二つの睾丸を舌で転がし、さらに脚を浮かせ、自分がされたように肛門までチロチロと舐めてくれた。

「あう……」

天使の舌先がヌルッと潜り込むと、竜司は呻きながらモグモグと肛門を締め付け、贅沢な快感を得た。

法子も中で執拗にクチュクチュと舌を蠢かせてから引き抜き、再び陰嚢を舐め上げペニスの裏側をゆっくり舌でたどってきた。まるで無邪気にソフトクリームでも舐めているようだ。

しかも先端をチロチロ舐めながら、悪戯《いたずら》っぽい笑みで彼の顔を見つめてくるのだ。

竜司は激しく高まり、美少女の鼻先でヒクヒク幹を震わせた。

やがて彼女が、動く亀頭を捉えるようにパクッと含み、熱い鼻息で恥毛をくすぐりながらモグモグと喉の奥まで呑み込んでいった。

たまに当たる歯も新鮮で、内部では舌が滑らかに蠢き、たちまちペニス全体は天使の清らかな唾液に生温かくまみれた。

法子は誰に教わったわけでもないのに、上気した頬をすぼめてチューッと強く吸い付き、パッと口を離しては再び呑み込んだ。

心地よい吸引に、竜司もズンズンと股間を突き上げはじめた。先端でヌルッとした喉の奥のお肉を刺激するたび、新たな唾液がたっぷり溢れて亀頭を浸した。

次第に彼女も顔を上下させ、濡れた口でスポスポと強烈な摩擦を繰り返してきた。

竜司は、全身が美少女のかぐわしい口に含まれているような錯覚の中、急激に絶頂を迫らせた。

実際、さっき顔中を舐められた唾液が乾き、何とも可愛らしく甘酸っぱい匂いが甦《よみがえ》っているのだ。

「い、いく……、ああッ……！」

とうとう昇り詰め、竜司は声を洩らしながらガクガクと腰を突き上げ、大きな快感に貫かれてしまった。同時に、熱い大量のザーメンが勢いよくほとばしり、美少女の喉の奥を直撃した。

「ク……、ンン……」

法子は噴出を受け止めながら小さく鼻を鳴らし、さらに頬をすぼめて吸い取ってくれた。

竜司は身を震わせながら快感を味わい、美少女の口の中で何度もヒクヒクと幹を脈打たせ、心ゆくまで射精し尽くした。

法子も一滴余さず受け止め、亀頭を含んだままゴクリと飲み込んでくれた。

なおもチュッチュッと吸い付いて余りを搾り取り、ようやくチュパッと口を離すと舌先で雫の滲む尿道口を丁寧にペロペロと舐め回してきた。

「あうう……」

竜司は、射精直後で過敏になっている幹を震わせながら呻いた。

「美味しかったわ。鬼さんのザーメン……」

ようやく法子が口を離し、無邪気に舌なめずりしながら言い、甘えるように添い寝してきた。

竜司も再び美少女に腕枕してもらい、温もりに包まれながら余韻を味わった。

法子の吐き出す息にザーメンの生臭さは残らず、さっきと同じ甘酸っぱい芳香がしていた。竜司は美少女のかぐわしい息を嗅ぎながら呼吸を整え、満足して力を抜いていった。

「ねえ、また会ってくれるかしら」

「うん、もちろん」

法子が言い、竜司も頷いて答えた。

「とうとう初体験しちゃったわ……」

彼女は言い、竜司の顔を胸に抱きながら、精根尽き果てたように、いつしか軽やかな寝息を立てはじめたのだった。

4

「鬼一族は、元は悪役ではなかったのよ。神様のように、人々に慕われていたの」

叔母の奈津子が、竜司の部屋に来て言った。

「そう……。年中退治されたり豆で追い払われたりしているけど」

「それは、鬼のあまりに絶大な力を恐れる余り、そうした逸話を人間が作り上げたのだわ」

奈津子が言う。

「そして不思議なことに、鬼一族に関わる人は、みな逸話に関係しているわ。例えばここの一階で大家のピーチベーカリーの……」

「なるほど、女手一つで逞しく店を経営している佐和子さんは、桃太郎か……」

竜司は思った。

桃山佐和子が桃太郎なら、バイトの伏谷恵美の名字には犬が入っている。同じく従業員の大鳥澄香は鳥だし、柔道部キャプテンの神川理沙には、申《さる》の字が入っているではないか。

「鬼ヶ島というのは、鬼門、つまり丑寅《うしとら》（東北）の方向にあるわ。鬼は、牛の角に虎のパンツだから」

「なるほど」

「そこを攻めるには、反対側の干支から時計回り、つまり申酉戌《さるとりいぬ》。桃太郎がこの三匹を家来にしたのは、そういう意味があるの」

「面白い……、他に鬼の逸話は？」

竜司は、元教師だった叔母に訊いた。

「大江山の酒呑童子《しゅてんどうじ》という鬼を退治したのが、源《みなもとの》頼光《よりみつ》と四天王。足柄山の金太郎が長じて坂田金時《さかたのきんとき》と名乗り、その四天王の一人になったわ」

奈津子の言葉で、ヤクザの用心棒の坂田時夫は、金太郎だったのかと思った。

そして一木法子は、鬼の腹に入った一寸法師というところか。

とにかく誰も竜司と敵対せず、懇《ねんご》ろになってしまっている。

あるいは、これが本来の鬼の役割で、人に快楽を与えるものなのかも知れないと思った。

そして話を終えると、すぐにも竜司は奈津子に欲情してきてしまった。

「ね、いい？」

竜司は甘えるように言い、奈津子をベッドの方へ誘った。

彼女も、来た以上はそうした期待もあったのだろう。すぐにも従い、一緒に服を脱ぎはじめた。

先に全裸になった竜司は横になって待ち、たちまち奈津子も一糸まとわぬ姿になって、熟れ肌を息づかせて添い寝してくれた。

竜司は腕枕してもらい、色っぽい腋毛の煙る腋の下に鼻を埋め込み、汗に湿った甘ったるい体臭を嗅ぎながら豊かなオッパイに手を這わせた。

「いい匂い……」

彼は女の匂いに噎せ返りながら言い、指の腹でクリクリと乳首をいじった。

「ああッ……」

奈津子もすぐに熱く喘ぎはじめ、うねうねと熟れ肌を悶えさせはじめた。

竜司は充分に腋を嗅いでから移動し、色づいた乳首に吸い付いていった。

顔中を柔らかな膨らみにキュッと埋め込んで肌の匂いを嗅ぎ、チロチロと乳首を舌で転がし、もう片方も含んで心ゆくまで味わった。

そして滑らかな肌を舐め下りていったが、もう二度目なのに奈津子は、やはり近親姦を意識して戦いていた。

法子を相手にしていたときの癖が残り、つい脇腹のお肉をキュッと嚙み締めると、

「あう……！」

奈津子がビクッと肌を震わせて呻いたが、拒みはしなかった。

あるいは鬼族の女は、特に外への力はなくても、痛みには強いのかも知れない。

竜司は熟れ肉をモグモグと噛み締め、腹の中央に行き、形良いお臍を舐め、張り詰めた下腹に降りていった。

左右の腰骨を舐め、まだ肝心な部分は後回しにし、腰からムッチリとした太腿へと移動した。太腿から膝小僧を通過すると、体毛の濃い脛に降り、心地よい舌触りをたどりながら足裏に達した。

踵から土踏まずを舐め上げ、指の間に鼻を押しつけて嗅ぐと、汗と脂に湿って蒸れた匂いが濃く籠もっていた。

彼は美女の足の匂いを貪り、爪先にしゃぶり付いて指の股に順々にヌルッと舌を割り込ませていった。

「く……！」

奈津子はくすぐったそうに呻き、腰をよじらせた。

竜司は全ての指を味わってから、もう片方の足も味と匂いが薄れるまで貪り、やがて脚の内側を舐め上げて股間に顔を進めていった。

両膝を全開にさせ、内腿を舐め上げ、たまにキュッと歯を食い込ませながら割れ目に迫ると、悩ましい匂いを含んだ熱気と湿り気が顔を包み込んできた。

相変わらず毛深く、茂みの下の方はたっぷりと愛液を含んで筆の穂先のようにまとまっていた。

割れ目からはみ出した陰唇も、興奮で淡紅色に染まり、内から溢れる蜜にヌメヌメと艶めかしく潤っていた。

指を当てて広げると、ヌルッと滑りそうになった。中も愛液が大洪水になり、襞の入り組む膣口も妖しく息づいていた。大きめのクリトリスも光沢を放ち、愛撫を待つようにツンと突き立っていた。

竜司は吸い寄せられるように、熟れた果肉に顔を埋め込んでいった。

柔らかな茂みに鼻を擦りつけて嗅ぐと、隅々には今日も甘ったるい汗の匂いが濃厚に籠もり、それに残尿臭と愛液の生臭い成分が悩ましく入り交じり、彼の鼻腔を掻き回してきた。

舌を這わせると、ヌルッとした淡い酸味のヌメリが迎え、彼は膣口からクリトリスまで舐め上げていった。

「アアッ……、いい気持ち……」

奈津子が顔をのけぞらせて喘ぎ、竜司も豊満な腰を抱え込み執拗にクリトリスを吸っては、溢れる愛液をすすった。

そして脚を浮かせ、熟れた逆ハート型のお尻を突き出させ、谷間にも鼻を埋め込んでいった。可憐な薄桃色の蕾の周りにも艶めかしく毛があり、彼は秘めやかな微香を嗅いでから舌先で震える襞を舐め回した。

「あう……」

ヌルッと舌先を潜り込ませると、奈津子が呻き、キュッと肛門を締め付けてきた。

彼は滑らかな粘膜を執拗に味わい、ようやく脚を下ろしながら舌を引き離し、溢れる蜜を舐め取りながら再びクリトリスを舐め上げていった。

「駄目よ、いきそう……、今度は私が……」

奈津子が絶頂を堪えて言い、身を起こしてきた。

竜司も股間から這い出して、入れ替わりに仰向けになり、屹立したペニスを露わにした。

奈津子もすぐに顔を寄せ、熱い息を股間に籠もらせながら亀頭にしゃぶり付いてきた。舌を這わせてチロチロと尿道口を舐め、滲む粘液をすすりながら喉の奥まで呑み込んでいった。

「ああ……」

竜司は快感に喘ぎながら、美女の温かく濡れた口の中で幹を震わせた。

彼女は上気した頬をすぼめて吸い付き、スポンと口を引き離すと、幹を舌先で這い下り、陰嚢にもしゃぶり付いた。

袋全体を舐め回して唾液に濡らし、二つの睾丸を慈《いつく》しむように舌で転がしてから、さらに脚を浮かせ、肛門まで舐めてくれた。

熱い鼻息が陰嚢をくすぐり、肛門にヌラヌラと這い回っていた舌先がヌルッと潜り込んできた。

「く……」

竜司は呻き、モグモグと肛門で美女の舌を締め付けた。

やがて彼女は舌を離し、再びペニスを喉の奥まで呑み込み、顔を上下させスポスポと摩擦してくれた。

竜司が腰をよじると、奈津子も頃合いと見て口を離し、身を起こして彼の股間に跨がってきた。唾液に濡れた先端を膣口に押し当て、息を詰めて味わうように腰を沈めていった。

「アア……、いい……」

ヌルヌルッと根元まで受け入れ、完全に座り込んで股間を密着させながら奈津子が顔をのけぞらせて喘いだ。

竜司も肉襞の摩擦に高まり、温もりと締め付けに包まれた。

彼女は何度かグリグリと股間を擦りつけるように動かしてから身を重ね、竜司も下から両手を回して抱き留めた。

唇を求めると、奈津子も上からピッタリと唇を重ねてくれ、白粉のような甘い刺激を含んだ息を弾ませ、ネットリと舌をからめてきた。

竜司は美女の舌を味わい、注がれる生温かな唾液で喉を潤しながら、ズンズンと股間を突き上げはじめた。

彼女も腰を遣い、ピチャクチャと淫らに湿った摩擦音を響かせた。

「もっと唾を出して……」

口を触れ合わせたまま囁くと、奈津子もことさら大量にトロトロと生温かな唾液を口移しに注いでくれた。彼は小泡を味わい、飲み込んでうっとりと酔いしれた。

さらに美女の口に鼻を押し込み、湿り気ある甘い息を嗅ぎながら股間の突き上げを激しくさせていった。

「い、いっちゃう……、アアーッ……！」

たちまち奈津子が声を上ずらせ、ガクンガクンと狂おしい痙攣を開始して、オルガスムスに達してしまった。

「く……！」

膣内の収縮も高まり、続いて竜司も大きな快感に全身を貫かれ、熱い大量のザーメンを勢いよく注入した。

「あうう、熱いわ、もっと出して……」

噴出を受け止め、駄目押しの快感を得たように奈津子が呻き、飲み込むようにキュッキュッと膣内を締め付けてきた。

竜司は心置きなく最後の一滴まで出し尽くし、すっかり満足しながら動きを弱めていった。

「アア……、良かった……」

奈津子も満足げに吐息混じりに言い、グッタリと力を抜き、熟れ肌の強ばりを解いて彼に体重を預けてきた。

竜司は重みと温もりを受け止め、美女の熱く甘い息を間近に嗅ぎながら、うっとりと快感の余韻を噛み締めたのだった。

5

「おかげさまで、弁護士の先生と会って慰謝料も確定したわ」

澄香が竜司に言った。

彼女の部屋である。以前のような暗い俯き加減ではなく、晴れ晴れとした表情をしていた。

「そうですか。それは良かったです」

竜司も笑顔で答えた。恐らく元亭主の一雄はタコ部屋送りとなり、前払いで彼女に金が振り込まれることだろう。

「ええ、そうしたら実家へ戻って、また親や子供と暮らそうと思ってるの」

「それがいいです。でもまた会えますよね」

「ええ、もちろん。一時間以内で行き来できる距離だから」

澄香は答え、竜司もたちまち股間が熱くなってきてしまった。もちろん彼女も、相当に淫気を高めているように、眼差しが熱っぽくなっていた。

するとと彼女の方から立ち上がり、ベッドの方へ誘ってきた。

「ね、いいかしら……」

澄香が言い、竜司も頷いてすぐにも服を脱ぎはじめた。

先に全裸になって澄香の匂いの沁み付いたベッドに横たわると、彼女も一糸まとわぬ姿になって添い寝してきた。

腕枕してもらうと、濃く色づき、ポツンと母乳の滲み出た乳首が鼻先に迫った。

竜司はチュッと吸い付き、もう片方にも手を這わせながら生ぬるく薄甘い母乳を味わった。

今日も実に出が良く、竜司は夢中になって吸い付き、うっとりと喉を潤した。

「ああ……、もっと吸って……」

澄香も熱く喘ぎ、自ら膨らみを揉みしだきながら母乳を搾ってくれた。

吸い尽くすと、もう片方の乳首も含み、彼は甘い匂いに包まれながら飲んだ。

出なくなると、竜司は澄香の腋の下にも顔を埋め込み、汗ばんだ和毛《にこげ》に鼻を擦りつけながら甘ったるい体臭で胸を満たした。

前回感じすぎたせいか澄香の期待は大きく、どこに触れてもビクッと激しい反応が返ってきた。

彼は脇腹を舐め下り、腹に移動して心地よい弾力を味わい、お臍を舐めて張り詰めた下腹に舌を這わせていった。腰から太腿、膝小僧から脛を舐め下り、足裏にもしゃぶり付いた。

今日もパン屋での仕事や買い物を終え、指の股は汗と脂に生温かく湿り、ムレムレの芳香が濃く籠もっていた。

爪先を含み、指の股に舌を這わせると、

「あう……、汚いのに……」

澄香は身を強ばらせて呻き、彼の口の中で唾液に濡れた指先を縮めた。

竜司は舐め尽くし、もう片方も存分に味わってから、脚の内側を舐め上げ、彼女の股間に顔を進めていった。

「アア……、恥ずかしい……」

言いながらも、澄香は自ら大股開きになり、熟れた果肉を丸見えにさせた。

ムッチリとした内腿を舐め、中心部に迫って熱気と湿り気を受けながら、竜司は指で陰唇を広げて目を凝らした。

興奮に色づいた膣口が白っぽい粘液を漏らして妖しく息づき、クリトリスも光沢を放ってツンと突き立っていた。

顔を埋め込み、柔らかな茂みに鼻を擦りつけると、汗と残尿臭が馥郁と鼻腔を刺激し、舌を這わせると淡い酸味の蜜がネットリとまつわりついてきた。

彼はヌメリをすすり、クリトリスまで舐め上げていった。

「あぁッ……、気持ちいい……！」

澄香が顔をのけぞらせ、内腿できつく彼の両頬を挟み付けて喘いだ。

竜司も執拗に舌先で弾くようにクリトリスを舐め、さらに腰を浮かせてお尻の谷間にも鼻を埋め込んでいった。

顔中に丸い双丘を感じながら蕾に籠もった微香を嗅ぎ、震える襞を舐め回した。

内部にも舌を潜り込ませ、ヌルッとした滑らかな粘膜を味わうと、鼻先にある割れ目からはトロトロと新たな愛液が流れてきた。

「も、もう駄目……」

澄香が絶頂を迫らせて悶え、前も後ろも舐め尽くした彼も顔を離した。

仰向けになると、入れ替わりに澄香が身を起こし、いきなり屹立した肉棒にしゃぶり付いてきた。

張りつめた亀頭を含んで強く吸い付き、クチュクチュと舌をからませ、スッポリと喉の奥まで呑み込んでいった。竜司も美女の口の中で、生温かな唾液にまみれたペニスをヒクヒクと歓喜に震わせた。

「ンン……」

澄香は熱い鼻息で恥毛をくすぐりながら、上気した頰をすぼめて吸い、果ては顔を上下させてスポスポと強烈な摩擦を繰り返してきた。

「も、もう……」

今度は竜司が降参する番だった。

やがて澄香がスポンと口を引き離したので、竜司も彼女の手を引いて女上位で跨がらせた。

澄香は唾液に濡れた先端を割れ目に押し当て、位置を定めてゆっくり腰を沈み込ませてきた。ペニスはヌルヌルッと滑らかな摩擦を受けながら根元まで呑み込まれてゆき、キュッときつく締め付けられた。

「アア……、いいわ、奥まで当たる……」

澄香も完全に座り込んで若いペニスを味わい、うっとりと声を洩らした。

竜司は股間を突き上げながら感触を味わい、彼女を抱き寄せていった。澄香も身を重ね、柔らかなオッパイを押しつけながら、さらに唇を求めてきた。

甘酸っぱく濃厚な息の匂いに興奮しながら、竜司も唇を重ねて舌をからめた。

彼女も執拗にクチュクチュと舌を蠢かせては、トロリとした生温かな唾液を大量に注ぎ込んでくれた。

「もっと唾を出して、顔中ヌルヌルにして……」

「そんなの、汚いわ……」

唇を僅かに離して囁くと、澄香はためらった。

そのかぐわしい口に竜司が鼻を突っ込むと、彼女もようやく舌を這わせ、鼻の穴を舐め回してくれた。

竜司は美女の生温かく湿り気ある口の匂いに酔いしれ、さらに顔中を擦りつけた。

澄香もことさらに唾液を吐き出しては、ヌラヌラと舌で顔中に塗りつけてくれ、彼は悩ましい匂いとヌメリに包まれながら股間の突き上げを速めていった。

「ああッ……！　感じる、いきそう……」

澄香がきつく締め付けながら身を震わせ、声を上ずらせて喘いだ。

竜司も心地よい摩擦に絶頂を迫らせ、澄香の唾液と吐息の匂いに酔いしれながら突き上げ続けた。

粗相したように大量の愛液が漏れ、滑らかな動きとともにピチャクチャと卑猥に湿った音が響いて、彼の股間までビショビショにさせてきた。

「い、いっちゃう……、アアーッ……！」

たちまち澄香が声を上げ、ガクンガクンと狂おしい痙攣を開始した。

同時に膣内の収縮も高まり、彼女は股間をぶつけるように激しく動き、コリコリする恥骨まで、しゃくり上げるように竜司の股間に擦りつけた。

その激しいオルガスムスの渦に巻き込まれ、続いて竜司も大きなオルガスムスに全身を包み込まれてしまった。

「く……！」

突き上がる快感に呻き、彼はありったけの熱いザーメンをドクンドクンと勢いよく柔肉の奥にほとばしらせた。

「あうう……、熱いわ、もっと出して……！」

噴出を感じると、澄香は駄目押しの快感の中で口走り、さらにキュッキュッと貪欲に膣内を収縮させた。

竜司は溶けてしまいそうな快感の中、心置きなく全て出し切り、なおも股間を突き上げ続けた。

「アア……、も、もう駄目……」

すると澄香も力尽き、降参するように言いながら硬直を解き、グッタリと彼に体重を預けてきた。

彼は澄香の温もりと重みを受け止め、汗ばんだ肌を密着させながら呼吸を整えていった。

そして彼女の荒い呼吸を嗅ぎ、甘酸っぱい芳香で鼻腔を刺激されながら、うっとりと快感の余韻を味わった。

まだ膣内はキュッキュッと名残惜しげな収縮を繰り返し、そのたびにペニスが過敏に反応して内部でピクンと跳ね上がった。

「すごく良かったわ……。こんなに丁寧にしてくれるの、竜司君だけよ……」

「これから、うんと良い人に出会いますよ」

重なったまま澄香が言い、竜司も小さく答えた。

そして彼女は繋がったまま、まだ足りないように上から唇を重ね、ヌラヌラと舌をからみつけてきた。

その刺激に、また竜司自身が中で回復しはじめてしまった。

「あう……、また中で大きく……、いいわ、このままもう一度して……」

澄香が声を震わせて言い、竜司が悦ぶと思い、なおもトロトロと大量の唾液を注いでくれたのだった。

もちろん竜司も元の大きさと硬さを取り戻してしまい、もう一度する気になって、再び股間を突き上げはじめていった。

第六章　二人がかりの快楽

1

「いい？　がっちり押さえ込むわよ。外せるものならしてみて」

女子柔道部の道場で、一人の重量級の三年生が、白帯を締めた竜司を袈裟固《けさがた》めできつく押さえ込んできた。

今日は理沙に招かれ、竜司も稽古に参加させられていたのである。

仰向けの竜司は、右腕を彼女の脇に挟み付けられ、首を巻き込まれて上半身にのしかかられていた。

ここまでがっちり決められたら、まず撥《は》ねのけることは不可能である。

理沙をはじめ、他の女子部員たちも真剣に見守っていた。何しろみな竜司の強さを知っているから、興味津々《しんしん》なのである。

窓の外からは、恵美も覗いていた。

竜司は、甘ったるい濃厚な女子の汗の匂いに包まれながら胸を高鳴らせていた。重量級でも顔立ちは美形だし、甘い吐息もかぐわしく、たまに彼女の鼻の頭からポタリと竜司の顔に汗が滴ってくるのである。

「じゃ、いいですか」

「いいわ、あ……！」

彼女が答えるなり、竜司は苦もなく彼女を撥ねのけて上になり、一瞬のうちに彼が袈裟固めを逆に決めていたのだ。

彼女はもがき、懸命に起きようとしたが無理だった。

「ま、参ったわ……。どうして外されたのか分からない……」

彼女が言うと、竜司も固め技を解いてやった。

「すごいわ。でも、技じゃなく力みたい……」

見ていた理沙が感嘆して言った。

確かに、竜司は柔道を知らないのだから技であるはずもなく、単なる鬼の怪力で一瞬にして返しているだけなのである。

空気投げも、足や腰の技を使う必要がないから、手の動きだけで相手を一回転させているのだ。

「じゃ、寝技はこれで終わり。最後に一本ずつ稽古を付けてもらって」

理沙が言うと、十数人いる部員たちが一列に並び、礼をするなり順々に竜司に組み付いてきた。

中には、時間を稼いで腰を引き、少しでも長引かせて彼を疲れさせ、後続が有利になるよう働く子もいたが、竜司は全く意に介さなかった。

組んだ瞬間に空気投げで相手を畳に叩きつけ、その勢いで次の子に対峙しているのである。

たちまち十数人が空気投げで見事な一本を決められ、最後に理沙がかかってきた。

理沙には敬意を表し、空気投げではなく、竜司は左膝を突いて彼女を回転させていた。玄妙な、浮き落としの技である。

「アアッ……、悔しい……！」

大きく受け身を取った理沙が言い、やがて竜司は一同に礼をした。

そして更衣室を借りて着替えていると、他の部員たちもドヤドヤと入ってきてしまった。

「すごいわ。こんな色白で細い腕なのに、どうしてあんな力が……」

「でも、息も切らさず、汗一つかいていないわ」

彼女たちは、上半身裸になっていた竜司を取り囲み、肩や腕に遠慮なく触れながら口々に言った。

たちまち更衣室内には、彼女たちの噎せ返るような新鮮な汗の匂いが籠《こ》もった。

それに、脱いである私服や古い稽古着の匂い、髪や足の匂い、かぐわしい吐息なども様々にミックスされ、竜司の鼻腔を悩ましく掻き回してきた。

「あ、あの、どうか着替えさせて下さい……」

竜司は、勃起を堪えながら言い、何とかシャツを着た。何しろ、これから恵美と約束があるのだ。

するると、そこへ理沙も入ってきた。

彼女たちも、さすがに理沙が来るとそれ以上のことはせず、奥のシャワー室に移動していった。

やがて竜司が着替え、理沙に挨拶して外に出た。

そして恵美に会い、一緒に歩いて行こうとすると、シャワーも浴びず急いで着替えた理沙が追ってきた。

「お待たせ。行きましょう」

理沙が言い、恵美も頷いた。どうやら今日は三人デートだったらしく、恵美も憧れの先輩と一緒で、やや緊張気味だった。

理沙が自分のマンションに案内すると、恵美はためらいなく中に入り、竜司も妖しい期待に胸を高鳴らせて従った。

やがて部屋に入ると、すぐにも理沙はベッドへと二人を招いた。

「じゃ竜司君、脱いで。今日は三人で楽しみましょう」

理沙が言い、服を脱ぎはじめた。すると恵美もブラウスのボタンを外しはじめたので、今日は何もかも、この綺麗な先輩の言いなりになるつもりらしく、二人で打ち合わせも出来ていたようだった。

もちろん竜司も、恵美さえ承知しているなら否《いな》やはなく、服を脱いでいった。

全裸になり、理沙の体臭の沁み付いたベッドに横たわると、理沙と恵美も一糸まとわぬ姿になって彼に迫ってきた。

「じゃ、ここから食べましょうね」

理沙が言い、何といきなり竜司の爪先にしゃぶり付いてきたではないか。

恵美も、もう片方の指先を含み、同じように順々にヌルッと指の間に舌を割り込ませてきた。

「あぁッ……」

竜司は驚きとともに、妖しくも申し訳ないような快感に喘いだ。

どちらの口の中も生温かく清らかに濡れ、それぞれが指の股を舐め、舌が滑らかに蠢いていた。

たまに歯が触れると、甘美な快感が突き上がってきた。

「噛んで……」

言うと、二人も綺麗な歯で指を噛み、全ての指の股を舐め尽くしてくれた。

そして二人は彼を大股開きにさせ、舌と歯で脚の内側を這い上がってきた。

内腿にもキュッと歯が食い込み、やがて股間で二人は頬を寄せ合い、熱い息を混じらせた。

「ここも感じるから、歯を当てないように優しくね」

理沙が囁き、陰嚢に舌を這わせてきた。恵美もチロチロと舐め回し、二人はそれぞれ睾丸を舌で転がし、袋全体を生温かな唾液にまみれさせてきた。

さらに脚が浮かされ、先に理沙が彼の肛門を舐め回し、ヌルッと中まで潜り込ませてきた。

「あう……」

竜司は妖しい快感に呻き、美女の舌をキュッと肛門で締め付けた。

理沙は内部でクチュクチュと蠢かせてから引き抜き、次に恵美も舌を這わせ、中に侵入させた。

それぞれ微妙に違う舌を肛門で味わい、彼はヒクヒクとペニスを歓喜に震わせた。

ヌルリと引き抜けると脚が下ろされ、今度は二人の舌先が幹を舐め上げてきた。

しかもペロペロと小刻みに蠢きながら、側面と裏側を這い上がり、先端までたどってきた。

二人は交互に尿道口を舐め、滲む粘液をすすり、張りつめた亀頭にも舌が這い回った。互いの舌が触れ合っても、レズ体験のある理沙は平気だし、彼女に憧れている恵美も気にしないようだった。

熱い息が股間に籠もり、混じり合った唾液がネットリとペニス全体を生温かく濡らした。

さらに二人は交互に亀頭を含み、モグモグと喉の奥まで呑み込んではチューッと吸い付き、スポンと引き離しては交代した。

「アア……、気持ちいい……」

竜司は夢のような快感に喘ぎ、じわじわと絶頂を迫らせていった。

もちろん今は絶大な鬼の力で何度でも出来るから、特に我慢する必要もない。

以前に柔道部の三人に弄《もてあそ》ばれたこともあったが、理沙と恵美はとびきり美しいので快感もひと味違っていた。

二人の口の中は、微妙に温もりも感触も、舌遣いも違っていた。

「いいのよ、出しても。二人で飲みたいわ」

理沙が言い、さらに激しく二人でしゃぶり付いてきた。まるで女同士のディープキスの間にペニスが割り込んでいるようだ。

「ああ……、いく……」

もうどちらの口に含まれているかも分からなくなり、竜司は快感に包まれながら喘ぎ、とうとう昇り詰めてしまった。

「あう……！」

大きな絶頂の快感に突き上げられて呻き、彼はドクンドクンと熱い大量のザーメンを勢いよくほとばしらせた。

「ンン……」

ちょうど含んでいた恵美が小さく呻き、第一撃の噴出を受け止めてくれた。

すぐに理沙も交代し、余りのザーメンを吸い出した。竜司は思いきり出し尽くし、下降線をたどりつつある快感を惜しみながら、何度も肛門を締め付けて高まりを持続しようとした。

恵美は口に飛び込んだ分を飲み下し、理沙も亀頭を含んだまま飲み込んでくれた。

ようやく理沙は口を離し、また二人で雫の滲む尿道口を舐め回した。

「アア……、も、もういい……」

射精直後の亀頭を刺激され、竜司は降参するように腰をよじって口走った。

二人も舌を引っ込め、ヌルヌルになった唇を互いに舐め合い、それを見た彼はまたすぐにも回復しそうになってしまった。

2

「ね、今度は私たちにして……」

理沙が言って、恵美と一緒に並んで横たわった。竜司も呼吸を整える暇もなく、自分がされたように二人の足裏から舐め回し、汗と脂に湿って蒸れた指の間にも鼻を押しつけて嗅いだ。

稽古を終えた理沙はともかく、恵美の方も今日はずいぶん歩き回ったのか、指の股にはムレムレの匂いが濃く籠もっていた。

竜司は二人の足裏と爪先を交互にしゃぶり、それぞれの指の間も全て念入りに舐め回した。

そして先に、理沙の脚の内側を舐め上げ、股間を目指していった。

引き締まって滑らかな内腿を舌でたどり、中心部には熱い湿り気が籠もり、はみ出した陰唇はネットリとした愛液に潤っていた。

竜司は柔らかな恥毛に鼻を埋め込み、濃厚に甘ったるい汗の匂いと悩ましい残尿臭を貪り、柔肉に舌を這わせていった。

淡い酸味のヌメリをすすり、突き立ったクリトリスまで舐め上げていくと、

「アアッ……！　いい気持ち……」

理沙が顔をのけぞらせて喘ぎ、張り詰めた内腿でキュッときつく彼の顔を締め付けてきた。

竜司は充分に理沙の味と匂いを貪ってから、隣の恵美の股間に移動していった。

ムッチリとした白い内腿を舐め上げると、やはり熱気が股間から発し、理沙に負けないほどヌルヌルと蜜が溢れていた。

若草に鼻を擦りつけて嗅ぐと、やはり汗とオシッコの匂いが混じり合い、悩ましい刺激が心地よく彼の鼻腔を搔き回してきた。

もちろん二人の味と匂いは微妙に違い、それぞれに彼を高まらせた。

「ああン……！」

クリトリスを舐めると恵美は身を反らせて喘ぎ、やはり内腿で顔を挟んできた。

竜司は充分に舐めてから、顔を引き離した。

「うつ伏せになって、お尻を突き出して」

言うと、二人は揃って四つん這いになり、白く丸いお尻を持ち上げ、彼の方に向けてきた。

どちらも形良く、大きな桃の実のように艶めかしかった。

理沙のお尻は引き締まり、恵美のお尻はマシュマロのように柔らかそうだ。

先に理沙のお尻に顔を埋め込み、顔中に密着する双丘の感触を味わいながら、薄桃色の蕾に鼻を押しつけて嗅いだ。汗の匂いに混じり、今日も秘めやかな微香が悩ましく籠もっていた。

竜司は貪るように嗅ぎ、舌先で肛門をくすぐるように舐め回した。

「あう……！」

充分に濡らしてからヌルッと潜り込ませると、理沙が顔を伏せたまま呻いて、キュッと彼の舌先を肛門で締め付けてきた。

竜司は舌を出し入れさせるように動かし、滑らかな粘膜を味わってから離れた。

続いて恵美のお尻に移動して顔を埋め、谷間の可憐な蕾にも鼻を押しつけた。

こちらも可愛らしい微香が籠もり、竜司は貪りながら舌を這わせた。

「あん……」

肛門に舌を潜り込ませると、恵美も声を洩らし、クネクネとお尻を悶えさせた。

竜司はヌルッとした美少女の粘膜を執拗に味わい、充分に舌を蠢かせてから引き抜いた。

そして彼は身を起こし、そのまま膝を突いて股間を進め、今度は先に恵美の割れ目に、バックから挿入していった。

滑らかに根元まで潜り込ませると、何とも心地よい肉襞の摩擦が幹を包み込んだ。

「アアッ……！」

恵美が背中を反らせて喘ぎ、キュッときつく締め付けてきた。

彼は腰を抱え、ズンズンと前後に突き動かし、膣内の感触と温もり、そして下腹部に当たって弾むお尻の丸みを味わった。

もう恵美も、鬼の力を宿した竜司の影響で痛みは克服し、完全に挿入で絶頂が迎えられるほどに成長しているのだ。

竜司は深々と押し込んでは引き、吸い付くような感触とヌメリを堪能した。

もちろん果てる前に引き抜き、隣でお尻を突き出して待ちかねている理沙に移動して、ヌルヌルッと一気にバックから貫いた。

「あう……！　いい……」

理沙も背中の筋肉を躍動させて呻き、深々と受け入れた。

温もりと感触の違う膣内で幹を震わせ、竜司は快感を嚙み締めた。そして腰を突き動かし、締まりの良さと摩擦快感を味わった。

「もっと強く……」

理沙は顔を伏せたまま言い、自らも腰を動かして律動を速めていった。

しかし、まだ果てる気はないので、竜司は頃合いを見てヌルッとペニスを引き抜いてしまった。

そして二人を再び並んで仰向けにさせ、それぞれの乳首を順々に含み、舌で転がして充分に舐め回した。

さらに腋の下にも顔を埋め込み、ジットリ汗ばんだ匂いを嗅いで舌を這わせた。さすがに理沙の方が汗の匂いが濃く、恵美は甘ったるい赤ん坊のような体臭を籠もらせていた。

それぞれの腋を舐め回してから、竜司は二人の間に割り込んで仰向けになった。

「ここ、舐めたり嚙んだりして……」

彼は二人の顔を抱き寄せ、両の乳首を突き出してせがんだ。

理沙と恵美も、同時に彼の左右の乳首に吸い付き、熱い息で肌をくすぐりながら舌を這わせ、綺麗な歯をキュッと食い込ませてきた。

「アア……、気持ちいい……」

彼は甘美な痛みと快感に喘ぎ、二人の愛液に濡れたペニスをヒクヒクと震わせた。

理沙は容赦なく歯を立て、恵美も徐々に力を込め、咀嚼するようにモグモグしてくれた。

その左右非対称の刺激が堪らず、竜司は身をくねらせて高まった。

やがて二人は彼の脇腹や下腹、内腿にも歯を食い込ませ、再びペニスを舐め回してくれた。

「いい？　先に」

すると理沙が恵美に言って身を起こし、女上位で跨がってきた。

愛液と唾液に濡れた亀頭を膣口に押し当て、息を詰めてゆっくり腰を沈み込ませると、たちまち屹立したペニスがヌルヌルッと滑らかに吞み込まれていった。

「アアーッ……！」

根元まで深々と受け入れた理沙が、顔をのけぞらせて喘ぎ、キュッときつく締め付けてきた。

竜司も柔襞の摩擦と温もりに陶然となり、股間に美女の重みを感じながら内部で幹を震わせた。

理沙は彼の胸に両手を突いて突っ張り、自ら腰を上下させてきた。身を重ねない方が、亀頭のカリ首が天井を擦って気持ち良いのだろう。

竜司も股間をズンズンと突き上げ、溢れる蜜で滑らかに律動した。

理沙はすぐにも高まり、引き締まった肉体を悶えさせながら動きを速めてきた。

「い、いく……、気持ちいい……、ああーッ……！」

激しく声を上げ、ガクンガクンと狂おしい痙攣を繰り返しながら彼女は膣内を収縮させた。

その快楽の渦の中でも、竜司は次の恵美のために保ち、股間を突き上げながら堪えていた。

「ああ……」

やがて理沙が力尽きたように、声を洩らして身を重ねてきた。

竜司も抱き留め、彼女が硬直を解くのに合わせ、徐々に突き上げも止めていった。

彼女はグッタリとなりながら、竜司の耳元で荒い呼吸を繰り返し、キュッキュッと名残惜しげに膣内を締め付けていた。

「良かったわ、すごく……」

理沙は息を震わせて呟き、それ以上の刺激を拒むように、ゆっくりと股間を引き離してゴロリと横になっていった。

竜司は恵美の手を引き、股間に跨がらせた。

彼女も素直に割れ目を寄せ、理沙の愛液にまみれたペニスを自分から受け入れていった。

唇を引き締めて、そろそろと座り込むと、張りつめた亀頭から根元までがヌルヌルッと滑らかに呑み込まれていった。

「アアッ……!」

恵美が顔をのけぞらせて喘ぎ、股間を密着させてきた。

竜司も、理沙とは感触や温もりの違う膣内に包み込まれ、中でヒクヒクと幹を震わせて快感を味わった。

恵美も、相当に快感を得るよう成長し、彼が突き上げると応えるように腰を遣い、やがて上体を起こしていられなくなったように身を重ねてきた。

竜司も両手を回して抱き寄せ、美少女の重みを感じながら次第に股間の突き上げを激しくさせていった。

「ああ……、き、気持ちいい……！」

恵美が熱く喘いで言い、大量の愛液を漏らしてきた。

竜司は、美少女のかぐわしい口を求めて顔を寄せると、何と息を吹き返した理沙が横から割り込んで、一緒に唇を重ねてきたのだった。

3

「ンン……！」

理沙が熱く鼻を鳴らし、舌をからめてきた。

恵美も愛らしい舌を伸ばしてチロチロと蠢かせ、竜司は二人分の舌のヌメリと甘酸っぱい息を吸収して高まった。

それぞれの唇を舐め、滑らかに蠢く二人の舌を味わった。どちらも生温かな唾液にトロリと濡れ、彼は混じり合った唾液をすすった。

二人の吐き出す息も熱く湿り気を帯び、どちらも濃厚な果実臭を含んで鼻腔を悩ましく刺激してきた。

竜司は、美女と美少女の唾液と吐息に絶頂を迫らせていった。

「唾をもっと飲ませて……」

言うと、理沙も恵美もことさらに大量の唾液を分泌させ、トロトロと彼の口に注ぎ込んでくれた。

竜司は小泡の多い生温かなミックスシロップを味わい、飲み込んでうっとりと酔いしれた。さらに二人は舌を這わせ、彼の口の周りから鼻の穴、頬から鼻筋、瞼から耳までヌラヌラと舐め回し、たまに綺麗な歯も当て、たちまち顔中を清らかな唾液にまみれさせてくれた。

「ああ、いく……！」

たちまち竜司は昇り詰めてしまい、呻きながら熱い大量のザーメンをドクドクと勢いよく柔肉の奥にほとばしらせた。

「あん、熱いわ……、アアーッ……！」

奥深い部分に噴出を受け止めた途端、恵美もオルガスムスのスイッチが入ったように声を上げ、ガクンガクンと狂おしく身を揺すって膣内を収縮させた。

竜司は溶けてしまいそうな快感を味わいながら、心置きなく最後の一滴まで出し尽くした。そして徐々に動きを弱めながら、快感が消え去るまで理沙と恵美の匂いを貪った。

「ああ……、すごいわ……」

完全に動きを止めると、恵美も満足げに小さく言いながら、全身の強ばりを解き、グッタリと彼に体重を預けてきた。

竜司は美少女の温もりと重みを感じ、二人分の甘酸っぱい息を嗅ぎながら、心ゆくまで快感の余韻を嚙み締めたのだった……。


――やがて三人は、バスルームで肌をくっつけ合って身体を洗い流した。

二人の、腋や股間から発する匂いは薄れてしまったが、狭いバスルーム内に籠もる熱気と湯に濡れた肌に、また竜司はムクムクと回復してきてしまった。

「こうして……」

竜司は例によって、床に座ったまま二人を立たせて言った。そして二人に左右の肩を跨がせ、股間を顔に向けさせた。

「オシッコして……」

「え……、出るかしら……」

言うと理沙が言い、恵美は羞じらいにビクリと身じろいだ。

しかし理沙が下腹に力を入れはじめたので、恵美も後れを取るまいと懸命に尿意を高めはじめてくれた。

左右の割れ目を見ると、どちらも中の柔肉を蠢かせ、迫り出すように盛り上げていた。そして、やはり先に理沙の柔肉が潤いはじめ、ポタポタと清らかな雫が滴りはじめた。

「あう……、出る……」

理沙が息を詰めて言うなり、流れがチョロチョロとした緩やかな放物線となり、竜司の頬に降りかかってきた。

舌を伸ばして受け止め、彼は温かく注がれる流れを飲み込んだ。味も匂いも淡く、彼女の温もりが甘美な悦びとともに胸いっぱいに満ちてきた。

「あん……、出ちゃう……」

竜司の顔が理沙の股間に向いている間に、恵美も小さく声を洩らし、温かな流れをほとばしらせてきた。

彼は恵美の股間に向き直り、温かな流れを口に受けて味わった。こちらも実に味と匂いが控えめで、上品な鼻腔が胸に広がっていった。

その間も理沙の流れが続き、彼の肌を温かく伝い流れていた。竜司は美少女のオシッコを飲み干し、流れが治まると再び理沙の割れ目に口を当ててすすった。

「アア……、いい気持ち……」

理沙がうっとりと喘いで、彼の口に股間を押しつけてきた。

余りの雫を舐め取っていると、たちまち割れ目内部には新たな愛液が満ちて舌の動きを滑らかにさせ、淡い酸味のヌメリが残尿の味わいを洗い流してしまった。

恵美の割れ目にも再び吸い付いて舌を這わせると、こちらも新たな蜜が溢れ、膣口が可憐に収縮していた。

「ああ……、も、もう立っていられないわ……」

恵美が、今にも座り込みそうなほど膝をガクガクさせるので、二人の割れ目を味わい尽くした竜司も、ようやく舌を引っ込めた。

そして三人でもう一度シャワーを浴びて全身を洗い流し、身体を拭いて全裸のままベッドへと戻っていった。

すると理沙が、引き出しから何か小さな楕円形のものを取り出した。

「これをお尻に入れて……」

言って彼に手渡し、仰向けのまま両脚を浮かせて抱え込んだ。

どうやら、レズプレイに使っていたローターのようだ。

竜司は屈み込んで彼女の肛門を舐め回し、充分に濡らしてから楕円形のローターを押しつけ、ゆっくり潜り込ませていった。

「あう……」

理沙が小さく呻き、懸命に括約筋《かつやくきん》を緩めると、やがてピンクのローターがヌルッと内部に潜り込んで見えなくなった。あとは肛門からコードが伸びているだけだ。

竜司が電池ボックスのスイッチを入れると、内部からブーン……と低くくぐもった振動音が聞こえてきた。

「あう……、気持ちいいわ。早く入れて……」

理沙が脚を下ろし、見る見る割れ目を愛液にまみれさせながらせがんだ。

竜司も興奮してのしかかり、股間を進めて先端を膣口に押し込んでいった。

そんな様子を、恵美がじっと見守っていた。

「アアッ……！」

一気に根元までヌルヌルッと挿入すると、理沙が身を弓なりに反らせて喘いだ。

竜司も股間を密着させてのしかかり、傍らの恵美も寝かせて一緒になって抱きすくめた。

深々と押し込んでじっとしているだけでも、肛門内部に入ったローターの振動が、間のお肉を通してペニスの裏側に伝わってきた。

竜司も激しい快感に、すぐにもズンズンと腰を突き動かし、大量の愛液に濡れた肉襞の摩擦に陶酔した。

そして屈み込んで理沙の乳首を吸い、隣にいる恵美の可愛いオッパイにもしゃぶり付きながら腰の動きを速めていった。

「ま、またすぐいきそう……」

理沙が股間を突き上げながら、息を弾ませて言った。

彼女が膣内をキュッと締め付けるたび、一緒に直腸も締まるせいか、ローターの振動音がグイングインと悲鳴を上げた。

竜司は股間をぶつけるように突き動かしながら、理沙に唇を重ね、舌をからめて生温かな唾液をすすった。

もちろん隣の恵美の顔も引き寄せ、一緒になって三人で舌をからみつかせ、混じり合った甘酸っぱい果実臭の息を嗅ぎながら高まっていった。

すると、先に理沙が昇り詰めてしまった。

「い、いく……、アアーッ……！」

声を上ずらせ、彼を乗せたままガクンガクンと狂おしく腰を跳ね上げ、膣内を収縮させながら乱れに乱れた。

同時に竜司も大きな絶頂の快感に全身を貫かれ、熱い大量のザーメンを勢いよく内部に注入した。

「あう……、もっと……」

深い部分を直撃され、駄目押しの快感を得た理沙が呻き、さらにきつく締め上げてきた。恵美も、まるで二人の絶頂が伝染したように息を弾ませ、横から激しく二人に肌を擦りつけてきた。

竜司は、心置きなく快感を嚙み締め、最後の一滴まで出し尽くした。

徐々に動きを弱め、竜司は二人の口に鼻を擦りつけ、唾液と吐息の匂いを貪りながら快感の余韻に浸っていった。

理沙も満足げにグッタリと身を投げ出し、荒い呼吸を繰り返していた。その合間にまだローターの振動音がブンブンと聞こえていた。

呼吸を整えた竜司は身を起こし、そろそろと股間を引き抜いた。

そしてティッシュで手早くペニスと割れ目を拭ってからスイッチを切り、注意深くコードを引っ張った。

見る見る肛門が襞を伸ばして丸く押し広がり、排泄するように奥からピンクの表面が顔を覗かせてきた。

やがて内圧で押し出されたローターがツルッと引き抜かれると、肛門は一瞬中の粘膜を覗かせてから、徐々に元の可憐な蕾に戻っていった。

ローターにも汚れはなく、理沙の割れ目からは、愛液の名残の一滴がトロリと滴ってきた。

そして竜司は、あと一回、恵美をどのように可愛がろうか考えたのだった……。

4

「ね、これ高校時代に着ていたのよ」

一木法子が、段ボール箱からセーラー服を取り出して竜司に見せた。

今日は彼女も講義が休みなので、二人で朝からお台場を歩き回り、観覧車に乗ったり買い物をして過ごしていたのだ。

そして彼女の豪華マンションに招かれて来ると、部屋に何個かの段ボール箱が積まれていたのである。どうやら実家が改装するらしく、彼女の荷物だけここへ送られてきたようだ。

セーラー服は白地の長袖で、濃紺の襟と袖に三本の白線が入っていた。

スカーフは淡いパープル。スカートは襟と同色の紺だ。

「へえ、可愛いよ。着て見せて」

「ええ、恥ずかしいけれど、いいわ。懐かしいから」

竜司が言うと、法子も応じてくれた。懐かしいと言っても、ほんの半年ちょっと前まで着ていたのだ。

法子はためらいなく服を脱ぎはじめた。

「下には何も着けなくていいよ。裸の上に制服だけで」

竜司が言うと法子は少し恥ずかしそうにしながら、下着まで全て脱いでしまい、白いソックスだけになった全裸の上からスカートから穿きはじめた。

そしてセーラー服を着て、スカーフを締めた。

似合うなどというものではない。何しろ見た目が中一程度なのだから、実に初々しい、本物のセーラー服の美少女が出来上がった。

さすがに長く穿いていたもので、スカートのお尻はすり切れて、僅かにテラテラと光沢を放ち、単なるコスプレではない本物の雰囲気があった。

竜司も堪らずに脱ぎ、手早く全裸になると法子の体臭の沁み付いたベッドに仰向けになった。

「ね、顔に跨がって」

「いいわ、こう……？」

言うと、すぐに法子もベッドに上がってきて、彼の顔に跨がってくれた。

同じ美少女でも羞恥心の強い恵美と違い、法子は天真爛漫で、言われたことはすぐしてくれる良さがあった。

真下から見るセーラー服の美少女の構図に、彼は激しく勃起した。

竜司の顔の両脇を踏みしめるソックスからは生ぬるい匂いが漂い、ムチムチとした健康的な脚が真上に伸び、スカートの中の暗がりに白い太腿と可愛い割れ目が見えていた。

「ソックスを脱いで、顔を踏んで」

「いいのかしら……」

竜司が言うと、法子は答えながらも物怖じせず、両のソックスを脱いでからそっと壁に手を突き、そろそろと浮かせた足裏を彼の顔に載せてきた。

生温かな足裏を鼻と口に受け、竜司はうっとりと味わいながら舌を這わせた。

「あん、くすぐったいわ……」

法子が声を上げ、ガクガクと膝を震わせた。

指の股に鼻を押しつけると、汗と脂に湿って蒸れた匂いが愛らしく籠もっていた。

竜司は足裏を舐め回し、爪先にしゃぶり付いて指の股を全て味わった。そして足を交代してもらい、そちらも全てしゃぶり尽くした。

「しゃがんで」

真下から言うと、くすぐったさに息を弾ませていた法子も、すぐに和式トイレスタイルでしゃがみ込んできてくれた。

裾《すそ》の巻き起こす風が心地よく顔を撫で、ニョッキリした脚がM字型にしゃがみ込むと、さらにムッチリと量感を増した。

そして淡い茂みの煙るぷっくりした股間が、一気に彼の鼻先までズームアップしてきた。割れ目も僅かに開いて中のピンクのお肉が見え、息づく膣口と真珠色のクリトリスが僅かに覗いた。

竜司は顔中にスカート内部の熱気を受け止め、楚々とした若草の丘に鼻を押しつけて嗅ぎながら舌を這わせた。

今日もさんざん歩き回ったから、恥毛の隅々には何とも甘ったるい汗の匂いが可愛らしく籠もり、それに悩ましい残尿臭と、ほんのりした恥垢のチーズ臭も入り交じって鼻腔を刺激してきた。

舌を這わせ、陰唇の表面から徐々に中へ潜り込ませていくと、ヌルッとした生温かな柔肉に触れた。そこは淡い酸味の蜜が溢れ、竜司は息づく膣口の襞をクチュクチュと掻き回し、ツンと突き立ったクリトリスまでゆっくりと味わいながら舐め上げていった。

「あん、いい気持ち……」

法子が可愛いアニメ声で喘ぎ、ヒクヒクと内腿と下腹を波打たせた。

竜司がチロチロとクリトリスを舐めると、溢れる愛液は滴るほど割れ目いっぱいに満ちてきた。

トロリとした蜜をすすり、さらに竜司は白く丸いお尻の真下に潜り込んでいった。

顔中に、ひんやりする双丘を受け止め、谷間の蕾に鼻を埋め込むと、淡い汗の匂いに混じり、秘めやかな微香も感じられた。

竜司は美少女の恥ずかしい匂いを堪能してから、舌先で蕾を舐め回し、細かに震える襞を味わった。

さらに内部にもヌルッと潜り込ませ、粘膜を味わうと、鼻に密着した割れ目から溢れる蜜に、次第に顔中までヌルヌルになってきた。

やがて舌を出し入れさせるように動かしてから、彼は再び割れ目に戻った。

色づいて光沢を放つクリトリスを舐め、柔肉全体を吸った。

「あう……、そんなに吸うと、何だかオシッコしたくなっちゃったわ……」

法子が息を詰めて言い、お尻をクネクネさせた。

「いいよ、出しても。決してこぼさないから心配しないで」

竜司は嬉々として言い、なおも強く柔肉を吸った。

「あん……、こんなところでするなんて……」

法子は声を震わせながら、尿意に堪えきれなくなったように下腹を強ばらせた。

そして何度か柔肉が迫り出すように盛り上がり、とうとうためらいがちにチョロッと漏れてきてしまった。

愛液から味わいと舌触りが変わり、温もりとともに彼の口に美少女のオシッコが注がれてきた。竜司はこぼさないよう気をつけながら飲み込み、控えめな匂いと味を堪能した。

「ああ……」

途中から勢いが激しくなり、法子はトイレ以外の場所ですることに戦きながら声を洩らした。竜司も必死に喉に流し込んでいると、ようやく勢いが弱まり、やがて治まった。

ポタポタと滴る余りの雫を舐め取っていると、また新たな愛液が溢れて舌の動きを滑らかにさせた。

「も、もう駄目……」

なおもクリトリスを舐めると、法子はしゃがみ込んでいられなくなったように降参して言い、彼の顔から股間を引き離してしまった。

竜司は仰向けのままで、法子は傍らにぺたりと座ったまま呼吸を整えていたが、屹立したペニスに目を遣ると手を這わせてきた。

「すごく立ってる……、ここ太いわ……」

法子が言い、張りつめた亀頭を優しく撫でてくれた。

竜司が大股開きになると、彼女も股間に移動して腹這い、顔を寄せて両手に幹を包み込んでくれた。それはまるで、手の中にいるハムスターでも可愛がっているような仕草だ。

やがて赤い舌をチロリと伸ばし、法子は先端をチロチロ舐めながら、股間から悪戯っぽい眼差しを向けてきた。

竜司も快感に息を弾ませ、彼女の鼻先でヒクヒクと幹を震わせた。

法子は尿道口から滲む粘液を舐め取ると、スッポリと亀頭を含んできた。

そのままモグモグと喉の奥まで頬張ると、先端がヌルッとした喉のお肉に触れた。

すると生温かな唾液が大量に溢れ、肉棒全体を心地よくどっぷりと浸した。

「ンン……」

法子は少し息苦しげに小さく呻きながらも、上気した頬をすぼめてチュッチュッと吸い付き、熱い鼻息で恥毛をそよがせた。

唇が幹を丸く締め付け、内部ではクチュクチュと舌が滑らかにからみついた。たまに当たる歯も新鮮で、竜司は激しく高まってきた。

「も、もう……」

竜司が降参するように言って腰をよじると、法子もチュパッと軽やかな音を立てて口を離した。

「どうする？　鬼さん、私のお口に出す？　それとも入れたい？」

可愛い顔で股間から訊かれ、彼は唾液にまみれたペニスをヒクヒクと震わせた。

「出来れば、入れたい」

「いいわ」

「じゃ、上から跨いで……」

言うと、法子も素直に身を起こし、裾をめくって彼の股間に跨がってきた。

幹に指を添え、先端を割れ目に押し当て、位置を定めると息を詰め、ゆっくりと腰を沈み込ませていった。

張りつめた亀頭がヌルリと潜り込むと、あとは大量の潤いと重みで、法子はヌルヌルッと滑らかに根元まで呑み込み、座り込んできた。

5

「アアッ……、大きすぎるわ……」

法子は眉をひそめて言いながらも、完全に股間を密着させ、キュッキュッと味わうような収縮を繰り返してくれた。

竜司も熱く濡れた内部でヒクヒクと幹を震わせて快感を味わい、股間に美少女の重みと温もりを感じながら酔いしれた。しかも彼女はセーラー服姿のままだから、本物の現役の女子高生と交わっているような禁断の錯覚に陥った。

竜司は手を伸ばしてセーラー服をたくし上げ、可愛らしいオッパイを露出させた。

スベスベの柔らかな膨らみを優しく揉み、薄桃色の乳首と、光沢ある乳輪にも指先を這わせた。

「ああン……、気持ちいい……」

法子が熱く喘ぎ、上体を起こしていられなくなったように身を重ねてきた。

彼は潜り込むようにして乳首に吸い付き、舌で転がしながら甘ったるい肌の匂いで胸を満たした。

もう片方にも吸い付き、そっと歯で挟んでチロチロと舌で弾くと、

「アア……、もっと強く……」

法子が感じて喘ぎ、膣内の収縮をさらに活発にさせてきた。

両の乳首を充分に味わい、柔らかな膨らみにも顔を埋め込んで弾力を堪能すると、彼はさらに乱れた制服の中に顔を潜り込ませ、ジットリ汗ばんだ腋の下にも鼻を押しつけていった。

スベスベの腋は汗に湿り、赤ん坊のように甘ったるい体臭が濃厚に籠もっていた。

竜司は何度も深呼吸して美少女の汗の匂いを嗅ぎ、舌を這わせて滑らかな感触を味わった。

そして這い出し、彼女の白い首筋を舐め上げ、セミロングの黒髪にも顔を埋めて甘

い匂いを嗅ぎ、やがて愛らしい唇に鼻を押しつけた。熱く湿り気ある息は甘酸っぱい匂いが濃く含まれ、その刺激が胸からペニスに伝わっていった。

「いい匂い……、もっと息を吐き出して……」

「いい匂いだなんて、嘘よ……。お昼にカルボナーラ食べてから歯を磨いていないもの……」

言うと、法子がやっと羞恥心を前面に出したように小さく答えた。

「ううん、法子ちゃんは天使だからね、何を食べても良い匂いになっちゃうんだよ」

竜司は言いながら美少女の口に鼻を押し込み、湿り気ある可愛い匂いを胸いっぱいに嗅いだ。

「あ……」

法子も小さく息を吐き、されるがままになりながらキュッキュッと彼自身を濡れた膣内で締め付けた。

そして舌を伸ばし、彼の鼻の穴を舐め回してくれた。

竜司は唾液のヌメリと美少女の口の匂いに酔いしれながら、我慢できず小刻みに股間を突き上げはじめてしまった。

「アアッ……！」

法子は、さらに熱く喘いで惜しみなくかぐわしい息を吐き出しながら、彼の顔中にヌラヌラと舌を這い回らせてくれた。

たちまち竜司の顔中は美少女の清らかな唾液にネットリとまみれ、甘酸っぱい芳香に包まれた。

「唾をいっぱい飲ませて……」

股間を突き上げながら言うと、法子も懸命に唾液を溜め、クチュッと彼の口に垂らしてくれた。

竜司は小泡の多い生温かな粘液を味わい、飲み込んでうっとりと酔いしれた。

「美味しいの？」

「うん、とっても……」

可憐な声で囁かれ、竜司は激しく興奮を高めながら答えた。

「顔にもペッて吐きかけて」

「そんなこと……」

言うと法子はためらいながらも、結局は言いなりになって、愛らしい唇をすぼめて勢いよく唾液を吐きかけてくれた。

かぐわしい一陣の呼気が顔を撫で、小泡の固まりが鼻筋を濡らし、心地よく頬の丸みを伝い流れていった。もう限界で、竜司は勢いを付けて本格的な律動を開始してしまった。

法子の肩に手を回し、抱きしめるというよりは動かないよう抑えつけ、下からズンズンと激しくペニスを出し入れさせた。

もちろん鬼の気を送っているので、もう痛みよりは大きな快感が彼女を支配しているはずだった。

「噛んで……」

竜司が、鼻や頬を法子の口に押しつけて言うと、彼女もそっと綺麗な歯を当ててくれた。

「もっと強く、痕になっても構わないから」

「あん、私が鬼さんに食べてもらいたいのに……」

「うん、僕も天使に食べられたい」

「私は天使なんかじゃないわ……」

竜司は激しく股間を突き上げながら言うと、法子も答え、やがて大きく開いた口を彼の頬に当てて、キュッと白い歯を食い込ませてくれた。

「アア……、気持ちいい。もっと思い切り……」

絶頂を迫らせて言うと、法子も咀嚼するようにモグモグと強く頬を噛み締めてくれた。

歯形が印されても、鬼の力ですぐにも元に戻るから大丈夫だ。

とうとう竜司は、大きな絶頂の快感に全身を貫かれてしまった。

「い、いく……、ああッ……！」

突き上がる快感に喘ぎながら律動し、竜司は心地よい肉襞の摩擦の中で勢いよく大量のザーメンをほとばしらせてしまった。

「あん……、熱いわ、感じる……、気持ちいい、アアーッ……！」

法子も噴出を受け止めた途端、たちまちオルガスムスに達して声を上ずらせ、ガクンガクンと狂おしい痙攣を開始した。

竜司は、艶めかしく収縮する膣内に心ゆくまで射精し、すっかり満足しながら徐々に動きを弱めていった。

「アア……、すごすぎるわ……」

法子は何度もビクッと全身を震わせながら、連続して押し寄せるオルガスムスの波に降参するように言い、次第に精根尽き果ててグッタリともたれかかってきた。

彼が完全に動きを止めると、法子は膣内を断続的に締め付けながら身を震わせ、荒い呼吸を繰り返した。

竜司は美少女のかぐわしい息を間近に嗅ぎながら、うっとりと快感の余韻を噛み締めたのだった。

「ちゃんといけた？」

「これが、いくっていうことなの……、身体中が、溶けてしまいそう……」

囁くと法子が小さく答え、なおもキュッと膣内をきつく締め付けてきた。

竜司は刺激されながら、悦びを覚えたばかりの美少女の内部でヒクヒクと幹を震わせた。

「あん……、中で動くと、また変に……」

膣内の天井を刺激された法子が、また声を震わせ、クネクネと身悶えはじめた。

どうやら、またオルガスムスの第二波が押し寄せているようだった。

彼女は股間を密着させたまま懸命に身を起こし、乱れたセーラー服を脱ぎ去り、スカートもホックを外して頭からスッポリ抜き取って全裸になった。

あらためて身を重ねると、今度はセーラー服の感触ではなく、滑らかな素肌の密着感が伝わってきた。

「ここも噛んで……」

竜司も法子の内部でムクムクと回復しながら、彼女の顔を自らの胸に押しつけて言った。

法子も素直に彼の乳首を舐め、キュッと歯を立ててくれた。

熱い息が肌をくすぐり、美少女の綺麗な歯が乳首を挟んで刺激した。

「あうう……、いい気持ち、もっと強く……」

竜司は甘美な痛みと快感に呻きながら、彼女の内部で完全に元の大きさと硬さを取り戻してしまった。

「アア……、中で、すごく大きく……」

法子も気づいたように喘ぎ、答えるようにモグモグと締め付けながら、彼の左右の乳首を交互に舐め回し、キュッキュッと強く噛んでくれた。

股間を突き上げはじめると、法子もそれに合わせて腰を動かし、何とも心地よい摩擦でペニスを刺激してくれた。

新たな愛液が溢れて律動が滑らかになり、もう竜司は止めようもなくズンズンと本格的に動きを再開させてしまった。

「ああッ……、また気持ち良くなってきちゃったわ……」

法子も動きを激しくさせ、声を上ずらせて喘いだ。一回一回するごとに、より大きな快感が得られるようになっているようだ。

竜司は絶頂を目指して股間を突き上げながら、再び美少女の唇を求め、ネットリと舌をからめた。そして法子の唾液と吐息を吸収しながら、たちまち二度目の絶頂に達してしまった。

「い、いく……、気持ちいい……！」

突き上がるオルガスムスの快感に口走り、二度目とも思えない大量のザーメンが内部に噴出した。

「い、いいわ……、アアーッ……!」

奥を直撃された法子も声を上げ、激しい絶頂に身悶えはじめたのだった。

第七章　快楽三昧《ざんまい》の日々を

1

「おかげさまで、慰謝料も入ったわ」

澄香がすっかり明るくなった笑顔で言い、竜司も頷いて一緒に歩いた。

買い物の途中、街でばったり会ったのだ。

彼は澄香と一緒にハイツに帰ることにした。もちろん彼女の部屋に入り、とことん快楽を貪る気になっていた。

慰謝料とともに、正式に離婚も成立したようなので、澄香の気持ちも晴れやかだろう。もちろん元亭主の一雄への未練など、些《いささ》かもないようだった。

大鳥は、元々澄香の姓なので、一雄が旧姓に戻ったわけである。

と、そのとき二人の傍らに黒塗りのベンツが停まった。

「鬼道さん、奥さんも」

坂田時夫が、運転席の窓から顔を出した。

「申し訳ありません。一雄が逃げ出しました。いま必死に探しているところですが、拳銃を持ってます。ハイツが一番危ないので、何なら、この車でご一緒に」

「いえ、僕が付いておりますので」

「そうですね、失礼しました。でも充分にお気を付けください」

時夫は言って一礼し、そのまま走り去っていった。

それを見送る澄香の顔が、また打ち沈みはじめた。

「大丈夫ですよ。心配しないで」

「ええ……」

竜司は言い、澄香を促して一緒に歩いた。

一雄は、タコ部屋送りになる寸前、拳銃を奪い隙を見て逃げ出したのだろう。

連中も、警察などに頼むわけにもいかず、時夫も駆り出されて捜索しているようだった。

その、一雄がこれから働く分の前金が、連中に関わりのある弁護士を通じ、先に澄香に振り込まれたのだろう。だから、一雄が警察に捕まっては、元も子もなくなるというわけだ。

とにかく竜司は、澄香と一緒にハイツに近づいた。

すると、近くにあるコインパーキングに一人の男が立ち、澄香を見つけて近づいてきたのである。

一雄だった。しかも、胸には赤ん坊を抱えている。

「おい、澄香。俺と一緒に来い」

「まあ……！　どうしてその子を……」

一雄が言い、澄香は我が子を認めて立ちすくんだ。

「一生コキ使われるなんてなあ真っ平だ。俺と遠くで暮らそう」

「その子を返して……！」

「ああ、お前が俺と来ることを承知すれば、母親のところへ返すさ。ガキ連れなんざ足手まといだからな。さあ来い」

一雄が言うと、竜司が前に出た。

「小僧！　お前は消えろ。さもないと」

一雄は赤ん坊を左手に抱え、右手はポケットから出した拳銃を握って構えた。

どうやら、このパーキングにレンタカーを停めているようだ。

澄香がヒッと息を呑んで立ちすくんだが、竜司は構わず一雄にスタスタと近づいていった。

「て、てめえ！　死にてえのか……」

一雄は声を震わせながら、銃口を竜司に向けた。

「あんたは撃つ度胸なんかないよ。タコ部屋と警察の両方に追われたら、とても逃げ切れないことぐらい分かるだろうからね」

竜司は言い、一雄に迫った。

一雄は蒼白になりながらも、引き金に指をかけた。

「危ない、鬼道さん……！」

そこへ時夫が叫んで飛び込んできた。いきなり一雄に飛びかかり、赤ん坊を奪い取った。

同時に、パーンという火薬の弾ける音がし、時夫がガックリと膝を突き、赤ん坊を庇いながら倒れた。硬直していた澄香が、泣き出した赤ん坊に駆け寄り、竜司も一雄に飛びかかっていた。

手刀で拳銃を叩き落とし、一雄の襟首とベルトを摑んで頭上高く持ち上げた。

「い、いけない、鬼道さん。怪我をさせちゃ……」

時夫が瀕死《ひんし》の重傷を負い、血に染まる脇腹を押さえて懸命に言った。澄香は赤ん坊を抱き上げ、必死に少し離れたところへ避難した。周囲に通行人はなく、銃声が響いても誰も来ることはなかった。

竜司は、言われて一雄を下ろした。一雄は魂が抜けたように呆然としている。

「奴を私の車に……」

ようよう立ち上がった時夫が顔をしかめて言い、ふらつきながら道端に停めたベンツへと向かった。竜司も、片手に軽々と一雄を抱えながら拳銃を拾って駆け寄り、時夫を支えながら車に向かった。

「大丈夫ですか、坂田さん！」

「ええ、こいつを押し込んで、お帰り下さい」

「いや……、僕も行きましょう」

竜司は言い、後部シートに一雄を押し込み、一緒に乗り込んだ。時夫も、やっとの思いで運転席に座り、エンジンをかけた。

「待って下さい」

竜司は言い、後ろから手を伸ばし、時夫が撃たれたと思われる左脇腹に手のひらを当てた。

「何するんです……」

「少しじっとしていて。すぐ治ります」

竜司が気を込めると、溢れていた血が止まり、時夫の顔に生気が戻ってきた。

「え……、痛みが……、いや、傷口が塞がったような……」

時夫が呆然として言い、シャツをたくし上げて脇腹を探った。すると、その手のひらに銃弾が握られていた。どうやら鬼の力で傷口が塞がり、食い込んでいた弾丸が押し出されてきたようだ。

「こ、これは驚いた……。鬼道さん、私はあなたを喧嘩の天才と思い込んでいたが、どうやら、人ではなかったようだ……」

「そうです。さあ、行きましょう」

竜司は言い、完治した彼の脇腹から手を離し、拾った拳銃を助手席に置いた。

一雄はシートに座ってうなだれ、自分のしたことと今後の行く末に放心状態になっていた。

やがて時夫が車をスタートさせた。振り向くと、赤ん坊を抱いた澄香が心配そうにいつまでもこちらを見つめていた。

「助けて下さって、お礼申し上げます。どうか、その力を正義のために使って下さいね。私も、もう二度とあなたの前には姿を現しませんので」

時夫が、ハンドルを操りながら言った。

竜司は自分の力を、どのように正義の役に立てたものか一瞬迷った。今までは性戯のためにしか使っていないのである。

「分かりました」

「ええ、こちらも、二度とこいつに逃げられるようなヘマはしませんので。あ、じゃここで結構です」

時夫は言って、雑居ビルの横で車を停めた。

そして車を出ると後ろに回り、力が抜けている一雄を引っ張り出した。竜司も一緒に降りてドアを閉めた。

「ではここで。お世話になりました」

時夫が言って頭を下げ、一雄を抱えて階段を上っていった。

それを見送り、竜司は歩いてハイツまで帰った。すると、彼の部屋の前で澄香が立って待っていた。

赤ん坊は、先に部屋へ入れて寝かせ、実家の母親とも連絡を取り合って無事を確認したようだった。

「大丈夫……？」

「ええ、もう安心です。二度と奴が逃げ出すようなことはないと約束していました」

竜司は答え、さらに説明して欲しそうなので、彼も澄香と一緒に三階まで上がり、彼女の部屋に入った。

澄香はドアをロックし、彼を奥へと招いた。

部屋の隅では、さっきの騒ぎなど何もなかったように、赤ん坊が安らかな寝息を立てている。

「実家へ電話すると、いきなり彼が来て赤ん坊を奪ったって。でも私と連絡が付くまで警察への電話は控えていたみたい」

「そうですか。お母さんに怪我がなかったのなら何よりです」

「それより、撃たれたあの人は？」

「いや、かすり傷でした。ちゃんと運転できましたし、バンドエイドで済む程度の傷だったようだから心配要りません」

「そう……」

竜司が言うと、澄香もようやく安心したように肩の力を抜いた。

「私は明日にもこの子を連れて実家へ帰り、そろそろ引っ越しの準備をするわ」

「そうですか。分かりました。じゃ、この部屋でするのも、あと少しですね」

竜司は、激しい淫気に股間を熱くして言った。

澄香も、大騒動の興奮から逃れるように、たちまち欲情してきたように目を熱っぽくさせてきた。

「あまり声を出すと、目を覚ましちゃうかな」

「大丈夫。うちの子は一度寝たら、しばらくは目を覚まさないから」

言うと澄香も答え、一緒にベッドへと近づき服を脱ぎはじめた。

たちまち元人妻の熟れ肌が露わになってゆき、甘ったるい匂いが揺らめいた。

2

「アア……、どうなることかと思ったけれど、竜司君が無事で良かった……」

澄香が、感極まったように言って添い寝し、竜司に腕枕してきつく抱きすくめてくれた。

竜司も甘えるように腕枕してもらい、母乳の雫の滲む乳首に吸い付いていった。

甘ったるい汗と母乳の匂いに包まれながら、彼はうっとりと喉を潤し、もう片方の乳首も含んだ。

緊張のあとの安心感もあるためか、生ぬるい母乳は実に出が良く、竜司は飽きるほど飲むことが出来た。そして左右の乳首とも、あらかた出尽くすと、彼は腋の下に顔を埋め、色っぽい腋毛に鼻を擦りつけて濃厚な体臭を嗅いだ。

「ああ……、駄目よ、汗臭いでしょう。恥ずかしいわ……」

澄香が、クネクネと身悶えながら声を震わせた。

竜司は、完全にシングルとなった澄香の甘ったるい汗の匂いに噎せ返りながら、徐々に熟れ肌を舐め下りていった。

滑らかな肌は汗の味がし、彼は腹から腰、太腿へと舌でたどった。

体毛の舌触りのある脛を舐め下り、足裏にも顔を押しつけて舌を這わせた。

指の股も、今日は今までで最も濃い匂いを籠もらせ、汗と脂に生ぬるくジットリ湿っていた。

彼は美女の足の匂いを心ゆくまで貪ってから爪先にしゃぶり付き、順々に指の股に舌を割り込ませていった。

「アアッ……！　汚いのに……」

澄香は次第に朦朧となりながら力なく言い、舐められるたびにビクッと脚を震わせた。竜司も両足とも存分にしゃぶり尽くし、やがて腹這いになって脚の内側を舐め上げていった。

大股開きにさせ、ムッチリした内腿を舐め、たまに軽く歯を当てると、澄香がビクッと反応し、羞恥にヒクヒクと下腹を波打たせた。

熱気と湿り気の籠もる股間に迫ると、すでに割れ目は大量の愛液でヌルヌルになっていた。

指で陰唇を広げると、襞の入り組む膣口周辺には白っぽい本気汁も溢れてまつわりついていた。クリトリスも光沢を放ってツンと突き立ち、竜司は吸い寄せられるように顔を埋め込んでいった。

柔らかな恥毛に鼻を擦りつけると、濃厚に甘ったるい汗の匂いに、ほのかな残尿臭が馥郁と入り交じり、悩ましく鼻腔を掻き回してきた。

舌を這わせると淡い酸味のヌメリが迎え、竜司は貪るように吸い付きながら膣口からクリトリスまで舐め上げていった。

「ああッ……、き、気持ちいいッ……！」

澄香が顔をのけぞらせて喘ぎ、内腿できつく彼の両頬を挟み付けてきた。

竜司は腰を抱え、まるで巨大な西瓜《すいか》にでもかぶりつくように顔を左右に動かし、内腿から割れ目を何度も往復し、クリトリスにも強く吸い付いた。

さらに脚を浮かせ、白く丸いお尻の谷間にも顔を迫らせた。

ひっそり閉じられた薄桃色の蕾に鼻を埋め込むと、今日も秘めやかな微香が艶めかしく籠もり、竜司は美女の恥ずかしい匂いを貪るように嗅いだ。

舌を這わせ、収縮する襞を濡らしてからヌルッと潜り込ませると、

「あう……！」

澄香が熱く呻き、キュッと肛門で彼の舌先を締め付けてきた。

やがて竜司は、美女の前も後ろも存分に舐め回し、彼女が充分に高まると、股間から這い出して仰向けになった。

そしてハアハア荒い呼吸を繰り返している澄香の顔を股間に押しやると、彼女も素直に移動し、そっと幹に指を添えてきた。

顔を寄せ、熱い息を股間に籠もらせながら舌を伸ばし、先端をヌラヌラと丁寧に舐め回し、尿道口から滲む粘液をすすってくれた。

さらに幹を舐め下り、陰嚢をしゃぶってから再び先端に戻り、丸く開いた口でスッポリと喉の奥まで呑み込んできた。

「アア……」

竜司は快感に喘ぎ、美女の温かく濡れた口の中で幹を震わせた。

澄香も次第に夢中になり、上気した頬をすぼめてチュッチュッと強く吸い、舌をからめてたっぷりと唾液にまみれさせてくれた。

そして吸い付きながら引き抜き、スポンと口を離した。

やはり早く一つになりたいのだろう。竜司も彼女の手を握って引っ張り、女上位で股間に跨がらせた。

澄香は幹に指を添え、先端を割れ目に押し当て、ゆっくりと膣口に呑み込みながら腰を沈めてきた。

「あぁッ……、いいわ……」

彼女はヌルヌルッと滑らかに根元まで受け入れて喘ぎ、やがて完全に座り込んで股間を密着させた。竜司も柔襞の摩擦と締め付け、温もりとヌメリに包まれて快感を噛み締め、内部でヒクヒクと幹を震わせた。

そして澄香の揺れるオッパイに手を伸ばし、コリコリと硬くなった乳首を弄ぶと、彼女も身を重ねてきた。

竜司は顔を上げ、濃く色づいた乳首に吸い付き、左右交互に吸った。さっき飲み尽くしたので、しばらく母乳は出ないようだ。

さらに彼女の白い首筋を舐め上げ、かぐわしい唇に迫っていった。

形良い口が開いて、ヌラリと光沢のある歯並びが覗き、その間から熱く湿り気ある息が洩れていた。甘酸っぱい匂いが濃く、竜司は刺激を求めて鼻を押し込み、美女の口の匂いで胸を満たした。

「あ……」

澄香が恥じらうように小さく声を洩らし、上からピッタリと唇を重ねてきた。

竜司は柔らかく濡れた感触を味わい、舌を差し入れていった。彼女もクチュクチュと舌をからめ、生温かな唾液をトロトロと注いでくれた。

彼は小泡の多い粘液を味わい、飲み込んでうっとりと酔いしれた。

次第にズンズンと股間を突き上げはじめると、

「アア……、いい気持ち……」

澄香が口を離し、淫らに唾液の糸を引きながら喘いだ。

竜司も勢いを付けて律動すると、大量に溢れる愛液が動きを滑らかにさせ、ピチャクチャと湿った音を立てながら彼の股間までビショビショにしてきた。

澄香も腰を遣って動きを合わせ、徐々に動きを速め、ときに股間をグリグリと擦りつけるような動きもした。

彼の胸には柔らかなオッパイが押しつけられて弾み、股間では恥毛が擦れ合い、コリコリする恥骨の膨らみも感じられた。

竜司は下からしがみつき、美女の唾液と吐息を貪りながら股間を突き上げ、たちまち絶頂を迫らせていった。

「唾をかけて、顔中に……」

「どうして、そんなことが好きなの……？」

竜司が興奮しながら囁くと、澄香も羞じらいに声を震わせて答え、それでも願いを叶えてくれた。

形良い唇をすぼめて唾液を溜め、そっとペッと吐きかけてくれた。

かぐわしい果実臭の息とともに、生温かな粘液の固まりが鼻筋を濡らした。それを澄香が舌でヌラヌラと顔中に塗りつけてくれ、竜司はたちまち快感に昇り詰めてしまった。

「い、いく……、アアッ……！」

心地よい膣内の摩擦に包まれながら絶頂を迎え、竜司は口走りながらありったけの熱いザーメンを勢いよく内部にほとばしらせた。

「あう……、気持ちいいッ……！」

噴出を感じた途端、澄香も激しく身をよじって喘ぎ、そのままガクンガクンとオルガスムスの痙攣を開始した。

膣内の収縮も最高潮になり、竜司は何とも心地よい摩擦の中、最後の一滴まで出し尽くして満足した。

何度も股間をぶつけるように突き入れて押しつけ、やがて彼は徐々に硬直を解きながら力を抜いていった。

「ああ……、良かった……」

澄香も満足げに言い、熟れ肌の強ばりを解いてグッタリと彼に体重を預けてきた。

竜司は美女の重みを受け止め、熱く甘酸っぱい息と唾液の匂いを間近に嗅ぎながらうっとりと快感の余韻を味わった。

まだ膣内は貪欲にキュッキュッと締まり、刺激されたペニスがピクンと内部で跳ね上がった。

「あう……、駄目、感じすぎるわ……」

澄香も過敏に反応しながら呻き、暴れるペニスを押さえつけるようにきつく締め上げてきた。

やがて二人は汗ばんだ肌を密着させながら、荒い息遣いを混じらせ、いつまでも重なったまま呼吸を整えた。傍らでは、何も知らずに赤ん坊が安らかな寝息を繰り返していた。

「竜司君に、出会えて良かった……」

「ええ、でもこれから、もっと良い出会いがありますよ」

澄香が小さく言い、竜司も答えた。

そして、またどうせ今後とも澄香に会えることを確信していた。

3

「そう……、手を当てただけで、撃たれた傷が治ったの……」

「ええ、まさに神秘の手当てでした」

奈津子が来て言い、竜司も時夫との体験を全て話し終えた。

「何やら、全知全能に近づいている感じだわ……」

「正義のために使えないものでしょうか」

竜司は、時夫に言われたことを思い出して答えた。

「駄目よ。鬼は本来人の世界では暮らせないの。目立つようなことは一切しない方がいいわ。世の秩序を乱さないために」

「みすみす、目の前の不幸を見捨ててでも？」

「そうよ。快楽を得るぐらいにとどめておいた方がいいわ。万一、神秘の力の噂が広まったら多くの人が押し寄せるし、科学者が解剖したがるかも。それを避けるために戦いが始まって、世の中が混乱するわ」

「それで、昔は鬼が山奥や島で住むようになって、いつしか神秘の力を人に忌《い》み嫌われるように……？」

竜司は、嘆息して言った。

それでも、愛する人が怪我や病気をすれば、本人に知られないようそっと治すことぐらいは出来るだろう。

「それより、私はどうやら妊娠したみたい……」

「え……？」

奈津子に言われ、竜司は目を丸くした。まあ、四十前だから有り得ないことではないのだが。

「まさか……」

「ええ、同じ鬼一族だから、すぐに命中してしまったみたい。鬼と人なら、まず避妊は要らないのだけれど……」

奈津子は、下腹を押さえて言った。

「すごい速さで成長しているわ。もし男の子なら、同族同士で出来た、本当の鬼が生まれるかも……」

「そんな……」

竜司は、角と赤い肌を連想して絶句した。

「もしそうなら、実家へ帰って相談して、座敷牢で育てるしかないかも」

「あの、こんなこと女性に言うのは失礼だけれど、中絶とか……」

「無理ね。すでに胎児が意思を持ちはじめているから、全力で阻止するだろうし、無理にすれば多くの人が不幸に」

「実家というと……」

「私たちの先祖は、岩手よ。まさに、都から丑寅の方角である東北。それに岩手は、岩に印された鬼の手形という言い伝えが語源だから」

「じゃ、すぐにも帰るの？」

「ええ、この勢いだと、半年以内に生まれるかも。明日から引っ越し準備をするわ」

奈津子が言い、澄香に続いて彼女ともしばらく会えなくなると竜司は思った。

自分の子となると、非常に複雑な気分だ。まだ十八だし、来年は大学に行くつもりなのだ。

しかし、行けない距離ではないので、定期的に岩手へ出向いて様子を見るしかないだろう。

「今日は、してもいい……？」

竜司は、こんな最中でも淫気を催して奈津子に言った。何しろ叔母だし、同族だから多少は気が楽だった。これで、恵美や法子が孕《はら》んでしまったのなら大変なことであるが。

「ええ、もう何度しても同じことだわ」

奈津子も応じてくれ、やがて二人はベッドの方へ移動した。先に竜司が手早く脱い

で全裸になり、横になって待った。

脱いでいく奈津子の肉体に、多少の変化が起きていた。甘ったるい女の匂いが濃厚

になり、骨太で体毛も濃くなっているようだ。これも、鬼の子を産むための準備が整

いつつあるということなのだろうか。

本当の鬼が生まれたら、暴走するのではないだろうか。親である、竜司や奈津子の

ような良識を持たず、手に負えなかったら、まさに親に似ぬ子は鬼子ということにな

ってしまう。

不安は多いが、とにかく今の竜司は目の前の女体に心身を奪われていった。

一糸まとわぬ姿になった奈津子が添い寝してきた。竜司は腕枕してもらい、強い体

臭に包まれながら腋の下に顔を埋め込んだ。

腋毛に鼻を擦りつけると、懐かしくも甘ったるい、いつまでも嗅いでいたい芳香が

鼻腔を満たしてきた。

竜司は何度も深呼吸して嗅ぎながら、張りを増したオッパイに手を這わせた。

移動して色づいた乳首に吸い付き、コリコリと硬く勃起した乳首を舌で転がし、膨らみに顔中を押しつけて感触を味わった。

「アア……、感じるわ。前の時よりずっと……」

奈津子が熱く喘ぎ、すぐにもクネクネと身悶えはじめた。

竜司は左右の乳首を交互に嚙み、滑らかな肌を舌で這い下りていった。

僅かの間だが、以前より頑丈そうになっている。腹も引き締まって腹筋が浮き上がっている。

あるいは同族である竜司の力を宿し、案外理沙ぐらいなら苦もなく勝てるぐらいのパワーを持ってしまったのかも知れないと思った。

とにかく、とても妊娠しているとは思えないほど腹の膨らみは目立たなかった。あるいは、奈津子の思い過ごしではないかという気さえした。

腰から脚に移動して舐め下りると、脛も艶めかしい体毛が濃くなり、竜司はワイルドで新鮮な興奮を得た。

足裏を舐め、指の股に鼻を割り込ませて嗅ぐと、どこも濃く艶めかしい匂いになっていた。竜司は両足とも爪先をしゃぶり、奈津子の足の裏を舐め上げ、股間に顔を進めていった。

恥毛は相変わらず情熱的に広範囲に密集し、割れ目からはみ出した陰唇も興奮に濃く色づき、大量の愛液がヌラヌラと溢れていた。竜司が茂みの丘に鼻を埋め込んで嗅ぐと、やはり以前より濃厚で悩ましくなった体臭が、熱気とともに鼻腔を心地よく掻き回してきた。

舌を這わせると、酸味が濃くなった愛液がネットリと感じられ、彼は息づく膣口から大きめのクリトリスまで舐め上げていった。

「あうう……、いい気持ち……、すぐいきそうよ……」

奈津子が熱く呻き、クネクネと腰を動かして悶えた。

竜司は彼女の脚を浮かせ、お尻の谷間にも鼻を埋め込み、蕾に籠もった秘めやかな微香を嗅ぎ、舌を這わせて息づく襞を味わった。もちろん内部にもヌルッと潜り込ませて粘膜を舐め、出し入れさせるように動かした。

「もういいわ……」

前と後ろを充分に舐められた奈津子が言い、彼を横たえた。

入れ替わりに身を起こした彼女が竜司の股間に屈み込み、張りつめた亀頭にしゃぶり付き、スッポリと喉の奥まで呑み込んできた。

「ああ……」

竜司は快感に喘ぎ、美しい叔母の口の中で幹を震わせた。

奈津子も根元まで含み、頬をすぼめて吸い付きながらクチュクチュと舌を蠢かせてきた。

たちまちペニス全体は美女の生温かな唾液にどっぷりと浸り、絶頂を迫らせてヒクヒクと震えた。

やがて奈津子がスポンと口を離して身を起こし、女上位で跨がってきた。やはり腹に負担をかけたくないのだろう。

自らの唾液に濡れた先端を膣口に受け入れ、ヌルヌルッと滑らかに呑み込んでいった。中は熱く濡れ、肉襞の摩擦と締まりの良さが最高だった。

「アアッ……、いいわ、奥まで響く……」

奈津子が顔をのけぞらせて喘ぎ、何度かグリグリと股間を擦りつけてから、ゆっくりと身を重ねてきた。竜司も下から両手でしがみつき、キュッと締め付けられながら快感を高めていった。

彼女は自分から先に腰を動かしはじめ、股間のみならず腹も胸もしゃくり上げるように激しく竜司の前面に擦りつけてきた。

竜司も股間を突き上げ、大量に溢れる愛液のヌメリに高まっていった。

奈津子が上から唇を重ね、ネットリと舌をからみつけてきた。

彼女の息は熱く湿り気があり、白粉のように甘い匂いもいつになく濃厚に鼻腔を刺激してきた。

しかも生温かな唾液がトロトロと注がれ、竜司はうっとりと喉を潤しながら、美女の息の匂いに激しく高まり、そのまま絶頂に達してしまった。

「ンンッ……！」

突き上がる大きな快感に呻きながら、竜司は熱い大量のザーメンをドクンドクンと勢いよく膣内にほとばしらせた。

「き、気持ちいいッ……！　ああーッ……！」

奈津子も噴出を感じ取ると同時にオルガスムスに達し、口を離して喘ぎながら狂おしい痙攣を繰り返した。

竜司は心置きなく最後の一滴まで出し尽くし、このザーメンすら鬼の胎児が吸収して自分のパワーにしているような気がした。

やがて出し尽くして力を抜くと、奈津子も熟れ肌の硬直を解いてゆき、グッタリと彼にもたれかかってきた。

「ああ、すごく良かったわ……」

奈津子は荒い呼吸を繰り返しながら言い、なおもキュッキュッと膣内を締め付けていた。竜司も刺激され、ヒクヒクと過敏に反応し、美女の甘い息を嗅ぎながら余韻に浸ったのだった……。

4

「すごいわ、竜司君、覚えがいいのね」

恵美が感嘆して言い、竜司は手際よく焼きたてのパンを運んで店に並べた。

澄香がピーチベーカリーを辞めたので、竜司が臨時のバイトに入ったのだ。もちろん一目見ただけで全てのパンの種類と値段、置く位置も分かり、レンジの使い方や焼き加減も佐和子と同じように出来た。

佐和子も助かっているようで、もう受験勉強のことなど、あまり竜司に言わなくなった。

やがて客が立て込んできても、竜司は慌てず順々にレジを打ち、素早く商品を包んで渡した。そして夕方に焼いた分のパンが売り切れると、後片付けをして佐和子も店仕舞いをした。

着替えると、竜司は同じくバイトを終えて帰る恵美と一緒に買い物に出た。

「本屋に行くの？」

「いや、出来れば恵美ちゃんのお部屋に行きたい」

「いいわ……」

言うと、恵美は恥じらいつつ小さく頷いてくれた。

そのまま彼女のアパートに行って上がり込むと、竜司はすぐにもベッドの方に行って服を脱いでしまった。

恵美も、すぐに脱いでくれ、白い肌を余すところなく露わにしていった。

「やっぱり、シャワーを浴びたら駄目なの……?」

「うん、駄目。恵美ちゃんのナマの匂いが大好きだからね」

竜司は言って、彼女をベッドに横たえた。そして真っ先に足の裏に顔を押しつけ、縮こまった指の間に鼻を割り込ませて嗅いだ。今日も大学とバイトで多く動き回ったから、そこは汗と脂にジットリ湿っていた。

可愛らしくムレムレになった匂いを嗅ぎながら爪先にしゃぶり付き、順々に指の股にヌルッと舌を割り込ませると、

「あん……!」

恵美はビクッと震え、可憐な声で喘いだ。

竜司は桜色の爪を嚙み、全ての指の間を舐めてから、もう片方の足も貪り、味と匂いが薄れるまで賞味してしまった。

彼は腹這い、美少女の脚の内側を舐め上げ、ムッチリした白い内腿に舌を這わせていった。

見ると、すでに割れ目からはヌラヌラと清らかな蜜が溢れはじめていた。

しかし竜司は、先に彼女の両脚を浮かさせ、オシメでも替えるスタイルにさせ、白く丸いお尻に迫っていった。

「アア……、恥ずかしいわ、こんな格好……」

恵美が嫌々をしながら、可愛いお尻を震わせて言った。

前に理沙と3Pをしたときは、ずいぶん大胆なポーズも取ったのだが、やはり一対一の淫靡《いんび》な雰囲気の方が興奮するのかも知れない。

竜司は大きな桃の実のようなお尻に迫り、可憐な薄桃色の蕾に鼻を埋め込んだ。

今日も汗の匂いに混じり、秘めやかな微香が籠もり、竜司は何度も嗅ぎまくってから、舌先で収縮する襞を舐め回した。

そして充分に濡らしてから、舌先を潜り込ませ、ヌルッとした滑らかな粘膜を味わった。

「あう……！」

恵美が息を詰めて呻き、潜り込んだ舌先をキュッと肛門で締め付けてきた。

竜司は執拗に舌を蠢かせ、出し入れさせるように前後すると、顔中にひんやりする双丘が密着した。

肛門を味わっていると、すぐ鼻先にある割れ目からは、トロトロと大量の愛液が溢れてきた。

竜司は彼女の脚を下ろし、お尻から舌を離して雫を舐め取りながら、割れ目に移動していった。柔らかな若草に鼻を擦りつけると、甘ったるい汗の匂いに、悩ましい残尿臭が入り交じり、美少女の体臭が馥郁と胸に沁み込んできた。

嗅ぎながら舌を這わせ、淡い酸味の含まれた蜜をすすり、息づく膣口から柔肉をたどって、ツンと突き立ってクリトリスまで舐め上げていった。

「アアッ……！　駄目、感じすぎるわ……」

恵美がビクッと身を弓なりに反らせて喘ぎ、内腿でムッチリと彼の顔を締め付けてきた。

竜司は美少女の匂いに包まれながら、執拗にクリトリスをチロチロと舌先で弾き、新たなヌメリをすすった。

恵美は、すでに何度か小さなオルガスムスの波が押し寄せているように、朦朧と目を閉じてヒクヒクと肌を震わせ、息を弾ませていた。

ようやく竜司も彼女の股間から離れ、張り詰めた下腹からお臍を舐め、滑らかな肌をたどって桜色の乳首にチュッと吸い付いていった。

「く……！」

恵美がビクッと震えて小さく呻き、甘ったるい汗の匂いを揺らめかせた。

竜司は左右の乳首を交互に含んで舌で転がし、柔らかな膨らみに顔中を押しつけて感触を味わった。

さらに腋の下にも顔を埋め込み、スベスベの窪みに鼻を押しつけ、甘ったるい汗の匂いで鼻腔を満たした。

舌を這わせると、淡い汗の味がし、そのまま彼は添い寝し、今度は彼女を上にさせていった。恵美も素直にノロノロと上になり、彼の乳首を舐めてくれた。

「噛んで、強く……」

熱い息に肌をくすぐられながら言うと、恵美もキュッと白く綺麗な歯で乳首を噛み締めてくれた。

「ああ……、気持ちいい……」

竜司が喘ぐと、恵美も嬉しいように力を込め、モグモグと咀嚼するように動かしてくれた。そして左右とも充分に愛撫してから肌を舐め下り、彼の股間に顔を移動させていった。

屹立した幹に指を添え、張りつめた亀頭にしゃぶり付き、熱い息で恥毛をくすぐりながらスッポリと呑み込んできた。喉の奥まで精一杯含み、頬をすぼめて吸い付きながら舌をからめた。

「アア……」

竜司は快感に喘ぎながら、美少女の口の中で、唾液にまみれたペニスをヒクヒクと震わせた。滑らかに蠢く舌が何とも心地よく、たちまち彼は高まっていった。

恵美もチュパッと口を離し、舌先でチロチロと幹を舐め下り、陰嚢もしゃぶってくれた。二つの睾丸を転がし、袋全体を唾液に濡らすと、脚を浮かせて肛門まで舐めてきた。

美少女の舌がヌルッと潜り込むと、竜司はゾクリと快感に身を震わせ、モグモグと味わうように肛門を締め付けた。

恵美は内部で舌を動かし、やがて引き離すと、再びペニスの裏側を舐め上げて先端から呑み込み、スポスポと摩擦してくれた。

「いいよ、入れたい……」

充分に高まった竜司は言い、彼女が口を離すと身を起こした。そして恵美を四つん這いにさせてお尻を突き出させ、バックから膣口に挿入していった。

「あう……！」

ヌルヌルッと一気に根元まで潜り込ませると、恵美が白い背中を反らせ、顔を伏せて呻いた。

竜司は下腹部に当たるお尻の丸みを味わいながら、ズンズンと腰を前後させて摩擦快感を堪能した。そして覆いかぶさって、両脇から回した手でオッパイを揉み、髪に顔を埋めて甘い匂いを嗅いだ。

もちろん顔が見えないと物足りないので、やがて身を起こし、挿入したまま恵美を横向きにさせた。下の脚に跨がり、上の脚に両手でしがみつきながら股間を交差させて動いた。

これも密着感が高まる、興奮する体位だった。

そのまま彼は、また引き抜かずに恵美を仰向けにさせていった。ようやく反転して正常位になり、彼は身を重ねながら腰を突き動かした。

「ああッ……！」

恵美も熱く喘ぎ、下から両手を回してしがみついてきた。

竜司は動きを速めながら、美少女の可愛い口に鼻を押しつけ、甘酸っぱい息の匂いを嗅ぎ、絶頂を迫らせていった。

唇を重ね、柔らかな感触と唾液の湿り気を味わい、果実臭の息で鼻腔を満たしながらネットリと舌をからめた。

「ンンッ……！」

恵美も彼の舌にチュッと吸い付きながら熱く鼻を鳴らし、下からもズンズンと股間を突き上げてきた。溢れる蜜に律動が滑らかになり、竜司は摩擦快感と美少女の唾液と吐息に昇り詰めてしまった。

「い、いく……！」

突き上がる大きな快感に口を離して喘ぎ、竜司はありったけの熱いザーメンを勢いよく恵美の中にほとばしらせた。

「き、気持ちいいッ……、アアーッ……！」

恵美も噴出を感じた途端声を上げ、激しいオルガスムスの痙攣を開始した。

竜司は、膣内の収縮に身を震わせながら、心ゆくまで快感を味わい、最後の一滴まで出し尽くしていった。

すっかり満足し、徐々に動きを弱めながら美少女の息を嗅ぎ、うっとりと快感の余韻に浸り込んだ。

「ああ……、すごかったわ……」

恵美も満足げに声を洩らし、徐々に全身の強ばりを解いてグッタリとなった。

竜司は身を重ねながら呼吸を整え、すっかり快感に目覚めた美少女に限りない愛《いと》しさを覚えるのだった。

5

「最初に会った頃から比べると、すごく逞しくなったわ……」

佐和子が、しみじみと竜司を見つめて言った。

夜、彼女の部屋で夕食を頂き、洗い物も終えて寛《くつろ》いでいるところだった。

もう澄香も実家へ帰り、奈津子も岩手へ行ったようだ。

「そうですか。でも、それはきっと佐和子さんが、大人になるように教えてくれたおかげです」

竜司は、この自分にとって初めての女性に淫気を催しながら答えた。

もちろん佐和子も、そのつもりで彼を呼んだのだろう。あとは欲望が伝わり合い、言葉など要らず二人は寝室に移動した。

竜司は手早く服を脱ぎ、全裸になって美熟女の体臭の沁み付いたベッドに横たわって待機した。

佐和子も、たちまち一糸まとわぬ姿になり、白く滑らかな熟れ肌を露わにした。

「ね、ここに立って……」

竜司が仰向けのまま言い、彼女をベッドに上げて顔の脇に立たせた。

「どうするの」

「顔に足を乗せて」

「まあ、そんなことされたいの……」

佐和子は驚いたようだが、好奇心と欲望に目を輝かせた。そして竜司が彼女の足首を摑んで引き寄せると、素直に足を浮かせて踏みつけてくれた。

「ああ……、変な気持ち……、将来のある可愛い男の子を踏むなんて……」

佐和子は息を弾ませて言い、壁に手を突いてふらつく身体を支えながら足裏を彼の鼻と口に密着させた。

竜司は、観音様に踏まれる邪鬼のように、あるいは桃太郎に退治される鬼のように、じっとされるがまま身を投げ出した。

踵から土踏まずに舌を這わせ、指の間に鼻を押しつけていくと、汗と脂に湿って蒸れた芳香が濃く籠もっていた。

爪先にしゃぶり付き、順々に指の股を舐め回してから、足を交代してもらった。

「アア……、いい気持ち……」

佐和子も次第に喘ぎはじめ、爪先をしゃぶりながら見上げると、割れ目から溢れた大量の愛液が、ムッチリした内腿にまで伝い流れていた。

やがて竜司は両足ともしゃぶり尽くし、彼女の足首を摑んで顔を跨がせた。

「しゃがんで……」

言うと、佐和子も和式トイレに入ったようにゆっくりとしゃがみ込んできた。

彼の顔の左右で、脹ら脛と太腿がムッチリと量感を増して張り詰め、完全にM字型にしゃがむと、熱気と湿り気の籠もる中心部が鼻先に迫った。

割れ目からはみ出した陰唇がヌメヌメと潤い、間から見える膣口も艶めかしく息づいていた。

真珠色の光沢を放つクリトリスも、愛撫を待つようにツンと突き立ち、今にもトロリと愛液が滴りそうなほど雫を脹らませていた。

竜司は豊満な腰を抱き寄せ、黒々と艶のある恥毛に鼻を擦りつけて嗅いだ。

隅々には甘ったるい汗の匂いと残尿臭の刺激が濃厚に籠もり、鼻腔を心地よく満たしてきた。

竜司は何度も鼻を鳴らして嗅ぎながら舌を這わせ、トロリとした淡い酸味の蜜をすすった。

「ああ……、もっと吸って……」

佐和子も夢中になって割れ目を押しつけ、声を上ずらせてせがんだ。

竜司も執拗にクリトリスを吸い、たちまち鼻と口の周りはヌラヌラと生温かな愛液にまみれた。

さらに豊かなお尻の真下に潜り込み、顔中を丸い双丘に密着させながら、谷間に閉じられた蕾に鼻を押しつけた。秘めやかな微香を嗅ぐと、その刺激が胸に沁み込み、さらにペニスに伝わっていった。

舌を這わせ、細かに震える襞を味わい、内部にもヌルッと潜り込ませて滑らかな粘膜を堪能した。

「く……」

佐和子が小さく呻き、キュッと竜司の舌先を肛門で締め付け、さらに新たな愛液を漏らして彼の鼻を生温かく濡らしてきた。

充分に舌を蠢かせてから再び割れ目に戻り、蜜をすすってからクリトリスを小刻みに弾くように舐め上げた。

「も、もういいわ……」

絶頂を迫らせた佐和子が言い、早々と果てるのを惜しむように股間を引き離してきた。そして彼の乳首を舐め、キュッと歯を立ててから、熱い息で肌をくすぐりながら股間に移動していった。

竜司も受け身になり、股間に熱い息を感じながら身構えた。

先端に、ペロペロと美熟女の舌が這い、尿道口から滲む粘液が舐め取られ、さらに張りつめた亀頭が吸われた。

「ああ……」

今度は竜司が喘ぐ番だ。佐和子は喉の奥まで呑み込んでスポンと口を離し、幹を舐め下りて陰嚢もしゃぶってくれた。

二つの睾丸を舌で転がし、充分に袋全体を生温かな唾液に濡らすと、再びペニスにしゃぶり付き、竜司は激しく高まった。

察したように佐和子が口を離して身を起こし、彼の股間に跨がってきた。

唾液にまみれた先端を膣口にあてがい、感触を味わうように息を詰め、ゆっくりと腰を沈み込ませてきた。

「アアーッ……、いいわ、奥まで当たる……」

ヌルヌルッと滑らかな肉襞の摩擦と締め付けでペニスを包みながら、佐和子が完全に座り込んで喘いだ。

竜司も、股間を密着させる彼女の重みと温もりを股間に受け止めながら快感を嚙み締めた。熱く濡れた膣内が、モグモグとペニスを締め付け、やがて彼女は身を重ねてきた。

竜司も顔を上げ、たわわに実るオッパイに顔を埋め込み、甘ったるい体臭に包まれながら色づいた乳首にチュッと吸い付いた。

佐和子も柔らかな膨らみを押しつけ、徐々に腰を動かしはじめた。

竜司は両の乳首を交互に含んで吸い、下からも股間を突き上げていった。

もちろん腋の下にも顔を埋め込み、濃厚に甘ったるい汗の匂いで鼻腔を満たし、激しく高まっていった。

「ああ……、いい気持ち……、もっと突いて、強く奥まで……」

佐和子が熱く息を弾ませて言い、竜司も突き上げを強めながら、かぐわしい口に鼻を押しつけていった。

彼女の息は熱く湿り気を帯びて、今日も花粉のように甘い芳香が濃く含まれていた。

それに、唇で乾いた唾液の香りも入り交じり、心地よい刺激がペニスをさらに膨張させた。

「あう……、すごく大きくなってきたわ。そんなに好きなの……？」

佐和子がキュッキュッと締め付けながら言い、ことさらに彼の鼻に熱い息を吐きかけてくれ、さらに大量の唾液を口移しに注いでくれた。

竜司は美女の唾液と吐息を心ゆくまで味わい、吸収しながら律動し、たちまち昇り詰めてしまった。

「い、いく……、アアッ……！」

突き上がる絶頂の快感に喘ぎながら、彼はありったけの熱いザーメンをドクンドクンと勢いよく柔肉の奥にほとばしらせた。

「あ、熱いわ……、もっと……、ああーッ……！」

噴出を感じた途端、彼女も激しく喘ぎ、オルガスムスの渦に巻き込まれていった。

ガクンガクンと狂おしい痙攣を繰り返して膣内を収縮させ、粗相したように大量の愛液を漏らし、互いの股間をビショビショにさせた。

竜司は快感に包まれながら、心置きなく最後の一滴まで出し尽くし、すっかり満足しながら徐々に動きを弱めていった。

「ああ……、良かったわ。溶けてしまいそう……」

佐和子も満足げに声を洩らし、熟れ肌の硬直を解きながらグッタリと彼にもたれかかり、遠慮なく体重を預けてきた。

まだ膣内は忙しげな収縮を繰り返し、刺激された亀頭が過敏にピクンと内部で跳ね上がった。

竜司は彼女の温もりと重みを受け止め、熱く甘い息を嗅ぎながら、うっとりと快感の余韻に浸り込んでいった。

と、その時である。

彼の耳の奥、いや、頭の中に子供の声が聞こえてきたのだ。

（父サン……、一緒ニ世界ヲ征服シヨウ……）

その声を感じ取り、竜司はドキリと胸を高鳴らせた。

（う、生まれた……？）

どうやら、岩手で奈津子が鬼の子を出産したようなのだ。

（世界征服なんて……駄目だ、そんなこと……）

我が子からのメッセージに、竜司はそう念を送ったが、返事はなかった。

竜司は佐和子と重なりながら、これからどのようなことが起きるのか不安になり、激しく彼女にしがみついたのだった……。

（了）

※本書は二〇一二年一〇月に刊行された
竹書房ラブロマン文庫『淫鬼の誘惑』
の新装版です。

長編小説

淫《いん》鬼《き》の誘《ゆう》惑《わく》＜新装版＞

睦《む》月《つき》影《かげ》郎《ろう》

2024年3月25日　初版第一刷発行

ブックデザイン……………………… 橋元浩明(sowhat.Inc.)

発行所…………………………………… 株式会社竹書房

〒102-0075 東京都千代田区三番町８－１

三番町東急ビル６Ｆ

email：info@takeshobo.co.jp

https://www.takeshobo.co.jp

印刷・製本………………………… 中央精版印刷株式会社

■定価はカバーに表示してあります。

■本書掲載の写真、イラスト、記事の無断転載を禁じます。

■落丁・乱丁があった場合は、furyo@takeshobo.co.jpまでメールにてお問い合わせ下さい。

■本書は品質保持のため、予告なく変更や訂正を加える場合があります。
